تريندز للبحوث والاستشارات
TRENDS RESEARCH & ADVISORY

مآل الإسلام السياسي

ما بعد الإسلاموية، التيار بديل للتنظيم أم نهاية الإسلاموية؟

د.وائل صالح

اتجاهات حول الإسلام السياسي (18)
يناير 2024

Order No.: MC-02-01-4785578

ISBN: 978-9948-767-85-5

مركز تريندز للبحوث والاستشارات

يُعد مركز تريندز للبحوث والاستشارات مؤسسة بحثية مستقلة تأسس عام 2014، ويهتم باستشراف المستقبل في جوانبه الاستراتيجية والسياسية والاقتصادية، وتتبع القضايا العالمية المختلفة. كما يهدف المركز إلى تحليل الفرص والتحديات على مختلف الصعد الجيوسياسية الراهنة، وما تحمله من متغيرات محتملة، مع محاولة إيجاد إجابات وتفسيرات علمية وموضوعية من شأنها المساهمة في التأثير في اتجاهات الأحداث مع مراعاة نواحي التحليل والنقد والاستشراف.

ويقدم المركز من أجل تحقيق غاياته العلمية، دراسات رصينة ذات أبعاد استشرافية مستقبلية، ويطرح أفضل البدائل الممكنة لمساعدة صنّاع القرار في معرفة التطورات الإقليمية والدولية بشكل أعمق، والاستفادة مما توفره من فرص. كما يقوم المركز برصد الاتجاهات والتغييرات الاستراتيجية والاقتصادية والإقليمية والدولية، بشكل أعمق، والاستفادة مما توفره من فرص، والتنبؤ بآثارها المستقبلية، وذلك وفق الضوابط العلمية المتعارف عليها دولياً لدى أعرق مراكز التفكير والبحث العلمي.

المحتويات:

ملخص تنفيذي 7

مقدمة 9

أولًا: في تعريف الإسلاموية 11

ثانيًا: في تعريف «ما بعد الإسلاموية» (Post-Islamism) 15

ثالثًا: في تحوّل الجماعة إلى تيار 21

رابعًا: في نهاية الإسلاموية (Necro-Islamism) 25

الخاتمة 43

المراجع 51

نبذة عن المؤلف 61

الملخص التنفيذي

تهـدف هـذه الدراسـة إلى عـرض مقتـرح إجابـة عـن سـؤال مركـزي يتعلـق بمـآلات الإسلامويـة: كيـف انكفـأت الإسلامويـة بعـد أحـداث «الربيـع العربـي»، وكيـف خسـرت حواضنهـا الرئيسـية: محليًـا وإقليميًـا وعالميًـا؛ وتلاحـظ الدراسـة اختـزال الوضـع الـذي صار إليه الإخوان المسلمون، في صورتين رئيسيتين:

الأولى: تقـوم على العـودة إلى الخطـاب التأسـيسي للجماعـة (تكـفير للآخـر والتنظيـر والتبشـير بالخلافـة والشريعـة والشرعيـة الدينيـة للحكـم السياسي)، وهـذا ما يسـميه الباحـث (Retro-Islamism) ومـا يعنيـه مـن تـورّط الإخـوان في دوامـة التطرف والعنف (ويتجسّد في الحالة المصرية).

أمـا **الثانيـة:** فهـي صـورة التخلـي نهائيًـا عـن المبـادئ التـي تتأسـس الإسلامويـة عليهـا، وإفراغهـا مـن كل الأبعـاد التـي تجعلهـا مختلفـة عـن سـائر التيـارات الحزبيـة والحركيـة الناشـطة في السـاحة العربيـة. وهذا ما يسـميه الباحـث (Neo-islamism)، (ويتجسد في الحالة التونسية).

هـذان التحـولان يؤديـان كلاهمـا إلى مـوت الإسلامويـة (Necro-Islamism)؛ لأنهـا في الصـورة الأولى لـم تعـد تحظـى بالقبـول، وفي الصـورة الثانيـة بعـد ابتعادهـا عـن مبادئهـا المؤسِّسـة لهـا تكـون قـد تلاشـت، فغـدت إسلامًـا سياسيًـا بلا إسلامويـة.

فالدراسـة تبحـث في طبيعـة المقاربـات الرائجـة في السـاحة الفكريـة لفهـم ظاهـرة الإسلامويـة وتعقُّـب مآلاتهـا، ويتسـاءل الباحـث: هـل «مـوت الإسلامويـة» هـو مصير محتـوم في ظـل التجربـة التـي مـرت بهـا في الحكـم بعـد 2011؟ ويطـرح مسـألة

الفــرق بين «مــوت الإسلامويــة» ومــا بعدهــا؛ بمعنــى تمكُّنهــا مــن إضفــاء بُعدٍ ديمقراطــي على تصوراتهــا الدينيــة، ولاسـيما مــا يتعلــق بقضيــة السـلطة. وتتوقـف الدراسـة عنـد قـراءات عربيـة وأجنبيـة تتحـدث عـن انتقـال «الإخـوان المسـلمين» مـن تنظيـم مهيكَل إلى «تيـار فكـري عـام»؛ وذلك بوصـف هـذا التحـول مآلًا طبيعيًّا لما شهدته الجماعة من صراعات عصفت بها، بعد أحداث «الربيع العربي».

المقدمة

تهدف هـذه الدراسـة[1]: أولًا إلى شرح كيف فَقَدَت الإسلاموية، بعد ما يسمى «الربيـع العربـي»، حواضنها الرئيسـية (في نطـاق الدولـة الوطنيـة والمنطقـة العربيـة والعـالم)، التـي كانـت تدعـم الإخوان والإسلاميـين بشـكل كبـير قبـل عـام 2011؛ وثانيًا، كيف تلخص ردّ فعل الإخوان في صورتين رئيسيتين:

الصـورة الأولى: هـي العـودة التامـة إلى خطابهـم المؤسس بمـا يتضمنـه مـن تكـفير للآخـر والتنظير والتبشـير بالخلافـة والشريعـة والشرعية الدينيـة للحكـم السياسي (بحسب فهمهـم)، واحتكار الكـلام باسـم الديـن.... إلخ. وهذا ما يمكن أن نطلـق عليه (Retro-Islamism) الذي يجسّد مرحلـة تورّط الإخوان بشـكل غير مسبوق في التطرف والعنف (حالة مصر).

أمـا **الصـورة الثانيـة:** فهـي تتمثـل في التخلي بشـكل كامـل عـن جميـع المبـادئ التـي تتأسـس الإسلاموية عليهـا (على مسـتوى الخطـاب)، وهـو مـا يُعـدُّ تفريغًا للإسلاموية مـن كل مـا كان يميزها عـن التيارات الأخرى العلمانيـة أو الإنسانوية وغيرها. وهذا ما يمكن أن نطلق عليه (Neo-islamism)، ومثاله الحالة التونسية.

وكلتـا الطريقـتين سـتؤدي إلى مـوت الإسلامويـة (Necro-Islamism)؛ لأنهـا في صورتها المبدئيـة؛ (أي نمـط تديُّنهـا المؤسِّس) لم تعـد مقبولـة وفَقَدت بريقها كليًّا (الصـورة الأولى)، وفي حـال تخلّيهـا عـن كل مبادئها المؤسِّسـة لهـا تكـون قـد اندثرت؛ أي نَفَت نفسها بنفسها، فتصبح إسلامًا سياسيًّا بلا إسلاموية (الصورة الثانية).

---

1. هـذه الدراسـة تعـدُّ في مضمونها تجميعًا لأفكار سبق نشرُها متفرقـةً في دراسـات أو مقـالات باللغـتين الفرنسية والعربية، في أماكن يُشار إليها بالتفصيل في هوامش هذه الدراسة.

ما هـي المقاربـات السـائدة في الأدبيـات لفهـم الإسلامويـة ومآلاتهـا؟ هـل «مـوت الإسلامويـة» هـو مصيرهـا المحتـوم؟ ومـا معنـى المـوت في هـذا المفهـوم الجديـد؟ ومـا الفـرق بيـن «مـوت الإسلامويـة» ومـا بعدهـا؛ بمعنـى تمكُّنهـا مـن دمقرطـة تصوراتهـا الدينيـة، خصوصًـا تلـك المتصلـة بسـؤال السـلطة (Post-Islamism) ؟ ومـا معنـى انتشـار كتابـات عربيـة وأجنبيـة، في الآونـة الأخيـرة، تنظِّـر لتحـوّل تنظيـم «الإخـوان المسـلمين» إلى «تيـار فكـري عـام»؛ وذلـك كـردّ فعـل على سـياق الصراعـات التـي ضربـت الجماعـة بعـد حـدوث مـا يسـمى «الربيـع العربـي»، وهي الصراعـات التـي أثرت سـلبيًا في مكانـة الجماعـة وقوتهـا ووجودهـا على جميـع المسـتويات؟

تحـاول هـذه الدراسـة الإجابـة عـن تلـك الأسـئلة؛ ولتحقيـق ذلـك تنقسـم إلى الأقسـام الآتيـة: سـنحاول في القسـم الأول، تعريـف الإسلامويـة. وفي القسـم الثانـي، سـنعرّف مـا بعـد الإسلامويـة. وفي القسـم الثالـث، نحلـل مـدى واقعيـة تحـوّل التنظيـم إلى تيـار. وفي القسـم الأخيـر، نقـدّم المصطلـح الجديـد «مـوت الإسلامويـة» لنجيـب مـن خلال ذلـك عـن سـؤال البحـث الرئيسـي: هـل مـآل الإسلام السـياسي هـو «ما بعد الإسلاموية»، أم «تحـوّل التنظيم إلى تيار، أم «نهاية الإسلاموية»؟

أولًا- في تعريف الإسلاموية

تُعـرَّف الإسلامويـة (Islamism) في الأدبيـات السـائدة بأنهـا الأفـكار والحـركات التـي تسـتهدف إقامـة نظـام أو دولـة إسلاميـة تطبّـق الشريعـة. ويعـدّ الارتبـاط بالوصـول إلى السـلطة الملمـحَ الأسـاسي للحـركات الإسلامويـة، وهـو مـا يميزهـا عـن الجماعـات الدينيـة غير السياسـية، مثـل «جماعـة التبليـغ والدعـوة». وينصبُّ الاهتمـام الرئيسي للإسلامويـة على إقامـة مجتمـع عقائدي شمولي يحـدد كل الأهداف الأخرى المتعلقة بالحياة الاجتماعية والاقتصادية... إلخ[2].

وهنـاك مـن الباحـثين مـن يعـرّف الإسلامويـة بأنهـا «[...] الانتقـال بالديـن مـن نظـام روحـي إلى نظـام للاحتجـاج السـياسي [...]. فهـي تسـتغل المشـاكل السياسـية والاقتصاديـة والمجتمعيـة، ومـا إلى ذلـك مـن خلال احتـكار قيـم الديـن الإسلامـي المتصلـة بالعدالـة والمسـاواة لمصلحتها وشـحن الخيـال الشـعبي بأنهـا الهويـة الإسلاميـة الصحيحـة. فتتحـول الهويـة الإسلاميـة إلى أيديولوجيا دينيـة تعمـل أساسًـا كاستراتيجيـة لإضفـاء الشرعيـة السياسـية، أو العكـس، لنـزع الشرعيـة السياسـية، وهكذا يتم استخدام الإسلام لأغراض سياسية [...]»[3].

ولمحاولـة تعريـف الإسلامويـة بشـكل يمكـن لـه أن يغطـي معظـم جوانبهـا ويشـمل معظـم أفكارهـا المؤسسـة ويصـف السـمات الرئيسـية لسـلوكها، يمكننـا أن

---

2. Asef Bayat, "Islamic Movements," in David Snow, Donatella della Porta, Bert Klandermans, Doug McAdam (eds.), *The Wiley-Blckwell Encyclopedia of Social and Political Movements* (New York and London: Wiley-Blackwell, 2013).

3. Abderrahim Lamchichi, Islam, Islamisme et modernité (Paris: L'Harmattan, 1994), p. 32.

نقول: إنها تَديُّنٌ شمولي باسم الإسلام ينصّ على كل نواحي الحياة السياسية والاقتصادية والاجتماعية، ويرفض الخلاص الفردي ويشدّد على الروح الجمعية. تديُّنٌ منغلق لا يعتبر الأنظمة المعرفية الأخرى، سواء من داخل الإسلام أو من خارجه، شرعية، ويدّعي أن مفهومها للإسلام لا يحتاج إلى معارف خارجية تتمّمه، فهو ذاتي التكامل. كما أنها تديُّن حركي أكثر منه تنظيري يسعى للتجييش للوصول إلى ثورة سياسية. تديُّنٌ يغلب عليه نكوص نحو الماضي ويؤمن بأفكار يَعدُّها «إسلامية ومطلَقة»، غير قابلة للجدال أو المناقشة. إنه تديُّنٌ يختزل الثقافة في السياسة والمجتمع في الدولة، ويحتكر الحقيقة، ويتبنّى لغة مطلقة مشبَعة بالأفكار الجاهزة والآراء في ثياب فتوى. بالإضافة إلى أنه تديُّن لا يمكن له إلا أن يؤدي إلى العنف بكل أشكاله (الرمزي والجسدي) في حالة توافر الظروف المناسبة لإشعال فتيله. وهو تديُّنٌ لا ينظر إلى الفرد إلا من خلال علاقته بالسلطة، وينظر إلى فضاء دولَتيٍّ يمليه التصوُّر الديني؛ حيث يَعتبر الدولة ضرورة دينية وأن لها دورًا دينيًّا. وهو تديُّنٌ ينظر إلى فضاء عام مُشبَع بالديني؛ حيث الديني هو الأداة الوحيدة للشرعية السياسية. إنه تديُّنٌ يرى أن الحُكم بالشريعة (بحسب مفهومها) هو جوهر الهوية الإسلامية[4].

وعبر تحليل نقدي للنصوص والخطابات التأسيسية للإسلاموية، وفي القلب منها جماعة الإخوان، أميل أيضًا إلى الإضافة للتعريف ما أطلقنا عليه «متلازمة الإخوان الإسلاموية»[5]؛ «أي مجموعة العلامات والأعراض والظواهر التي يرتبط

---

4. تعريف الإسلاموية هنا مأخوذ بتصرف من مناطق متعددة من كتابي المشترك مع البروفيسور باتريس برودور: Wael Saleh & Patrice Brodeur, L'islam politique à l'ère du post-printemps arabe: Som-mes-nous entrés dans l'ère du nécro-islamisme? (Paris : Éditions L'Harmattan, 2017), p. 73-74. كما أنه مأخوذ بتصرف أيضًا من دراستي: وائل صالح، نحو مبادئ مشروع فكري لمجابهة الإخوان معرفيًّا في أوروبا، مركز تريندز للبحوث والاستشارات، 3 يونيو 2021، https://bit.ly/3eoalWp

5. وائل صالح، «لماذا تتعاطف دوائر عديدة في الأكاديميا الغربية مع الإسلاموية؟ هل تتوافق الإسلاموية مع المواطَنة والعيش المشترك»، مؤمنون بلا حدود، 1 فبراير 2021، https://bit.ly/Muqkrk

بعضهـا ببعـض، والتـي تُلازم وتَنتـج عـن أيّ وجـود لهـم في الفضـاء العـام، وتتنـافى مـع القيم الأساسية للمواطَنة والعيش المشترك؛ ومن بينها:

- احتكارهم للحقيقة والدين.

- عزلة منتسبيهم الشعورية عن المجتمع.

- الاستعلاء بنمط تديُّنهم على المجتمع.

- غلبـة الفكـر التعبـوي الشعبوي وتجييـش الجمـوع لتبنّـي فكـر لا يقـوم على نسبية الحقيقة.

- سـيادة شـعار «أيـنما تكـون مصلحـة الجماعـة فثـم وجـه اللـه» في ممارساتهم السياسية.

- تحـوّل المجتمـع إلى حالـة الصراع الدائـم، ليصبح مجتمعًا منقسـمًا على نفسـه، وصولًا إلى الحروب الأهلية.

- طغيـان الجوانـب العقائديـة والأصوليـة على الجوانـب الاجتماعيـة، وحصر النقـاش -إن وجد- في القضايا العقائديـة الخلافيـة القديمـة؛ مـا يجعـل المجتمـع رهينـة لِفقـه العصـور القديمـة والعصـور الوسطى، وذلك بالانقطـاع عـن حركـة العلم والفلسفة والتقدم البشري.

- سـيادة مبـدأ التكفـير المسـوِّغ للعنـف في نهجهـم السياسي للوصـول إلى الحكـم، مستندين إلى الاعتقاد بكونهم الفرقة الناجية الحارسة للدين.

- غيـاب مفهـوم المواطَنَـة وسـيادة فكـرة ولاء الفـرد للجماعـة وامتداداتهـا العابـرة لحدود الدولة الوطنية»[6].

الإسلامويـة هـي إذنْ، حركـة تتديَّـن بنـوع مـن التديُّـن الشـمولي باسـم الإسلام، ينطـوي على احتكارهـا الحقيقـة والديـن الإسلامـي، وفرضهـا نمـط التديُّـن الـذي ارتضته، حتى لو أدى الأمر إلى استعمال القوة.

وهـي بذلـك قـد «اختزلـت الديـنَ في السـلطة والحكـم، لتشـكيل نمـط تديُّـن مفارق للديـن، جاعلةً منـه مجرد وسـيلة للوصول إلى السـلطة تحـت غطاء تطبيق نظـام تدّعـي أنه الديـن، في حين أنه متخيَّـل أيديولوجي وانحـراف عـن غاية الدين الفلسـفية والأخلاقيـة بنمـط تديُّـن سـياسي مكيافيلي يسـعى، قبـل كل شيء، إلى السلطة والغلبة والإقصاء لكل من يخالفه على المدى الاستراتيجي الطويل»[7].

---

6. وائل صالـح، الإسلامويـة: رؤيـة واحـدة.. مسـارات متعـددة ومصير واحـد، مركـز تريندز للبحـوث والاستشـارات، 6 إبريل 2022، https://trendsresearch.org/ar/insight/islamism-one-vision-multiple-paths-one-destiny/

7. وائـل صالـح وخالـد عبدالحميـد، «الإخـوان وتداعـي الأيديولوجيـا أمـام شـهوة السـلطة. مركزيـة المصلحي وهامشـية الأخلاقي»، **مركـز تريندز للبحوث والاستشارات**، أبوظبي، 22 سبتمبر 2021، https://bit.ly/3PJiuC9

ثانيًا- في تعريف «ما بعد الإسلاموية» -Post Islamism

بـدأ بعـض الباحـثين بالتنـظير لما سـمَّوه «مـا بعـد الإسلامويـة»، بعـد أن لاحظـوا، مـن وجهـة نظرهـم، بعـض التحولات أو بوادر فشـل مقـولات الإسلاموية الأيديولوجيـة التقليديـة، وذلـك بدايـة مـن أواخـر الثمانينيـات مـن القـرن الماضي. وكان أول مـن رصـد هـذه التحـولات الباحـث الفـرنسي، أوليفيـي روا (Olivier Roy)، في كتابـه «فشـل الإسلام السـياسي»، الـذي صـدر عـام 1992. والـذي يمكن تلخيـص أطروحتـه، بـأن فشـل الفكـرة الإسلاميـة الثوريـة في النمـوذج الإيراني جعل مـن الدولة الإسلامية، والثورة الإسلاميـة، والاقتصـاد الإسلامي أساطير. كما أن الثورة الإيرانيـة قـد تحولت إلى نـوع مـن الأصوليـة الجديـدة المتشـددة والوعظيـة والشـعبوية. فقد ظهـر جليًّا أن الإسلامويين يعجـزون عـن إنتـاج نظـام سـياسي، بحسـب مـا كان يتم طرحـه في خطابهـم وأدبياتهـم؛ وبذلـك فقـد كان (روا) مـن أوائـل مـن قدّم طرحًـا ينظّر لفكـرة ظهـور أشـكال وأطـوار جديـدة للحـركات الإسلاميـة، وهو مـا سـيُصطلَح عليه لاحقًـا بتسـمية «ما بعد الإسلامويـة»، أو «ما بعد الإسلام السياسي»[8].

وفي عـام 1996، نشـر البروفيسـور الأمـريكي مـن أصـول إيرانيـة، آصـف بيّـات، (Asef Bayat) دراسـة بعنـوان «عصر أو لحظـة أو قـدوم المجتمع ما بعد الإسلاموي»[9]،

---

8. Roy, Olivier. "L'échec de l'islam Politique." *Esprit*, no. 184 (8/9), 1992, pp. 106–29. Jstor, http://www. jstor.org/stable/24274809. Accessed 6 Sep. 2022.

9. Asef Bayat, "The Coming of a Post-Islamist Society," Critique: Critical Middle East Studies (Hamline University, Saint Paul) 9, (Fall 1996): 43–52.

ناقـش فيهـا تحـولات الإسلامويـة في أفكارهـا ومقاربتهـا وممارسـاتها مـع التركيـز على الحالـة الإيرانيـة كدراسـة حالـة معمَّقـة. وهـو يعـرّف «مـا بعـد الإسلامويـة» بوصفهـا: «تخلّـي الإسلامـيين عـن بعـض المبـادئ المؤسِّسـة للإسلامويـة؛ نتيجـة لظروفهـا الداخلية والضغوطات المجتمعية، مضطرة إلى إعادة اختراع نفسها»[10].

ويُجمل بيّات الأشكال المتعددة لما بعد الإسلاموية كما يلي:

1. شـكل قطيعـة نقديـة مع السياسـات الإسلامويـة التقليديـة الإقصائيـة المرتكـزة حـول الواجـب نحـو رؤيـة اسـتيعابية وأكثر ارتـكازًا على الحقـوق وداعمـة للدولـة العلمانية/ المدنية التي تعمل من خلال مجتمع مؤمن.

2. شكل نقد الإسلاموية لذاتها، أو نقد الإسلاموية التي يتبناها الآخرون.

3. شـكل مرحلـة زمنيـة تـأتي تاريخيًـا بعـد الإسلامويـة، أو قـد تعمـل متزامنـةً إلى جوارها. وقد نجدها في الحاضر أو في الماضي.[11]

وبنـاء على مـا سـبق، نظـر آصف بيـات إلى عـالم عـربي إسلامـي مـا بعـد إسلامـوي، تحمـل فيـه الحـركات الشـعبية سمات «مـا بعـد أيديولوجيـة»؛ أي سمات مدنيـة وديمقراطيـة. كما أنـه كان قـد اعتبر أن «الحركـة الخضـراء» في إيـران، و»الربيـع العربي»، أمثلة على تلك الحركات الشعبية في عصر ما بعد الإسلاموية[12].

بعـد روا وبيّـات، تنـاول الكـثير مـن الباحـثين مصطلح مـا بعـد الإسلامويـة، بوصفـه مُسـلَّمة لمسـتقبل الإسلام السـياسي، وللإشـارة إلى مـا عـدُّوه نوعًـا مـن

10. محمـد مسـعد العـربي، مـا بعـد الإسلامويـة كمشروع: الماهيـة والحـدود، مؤمنـون بلا حـدود، 20 سبتمبر 2018، https://bit.ly/2SYDFnB

11. آصف بيّـات مـا بعـد الإسلامويـة: الأوجـه المتغيرة للإسلام السـياسي، الفصل الأول (مـا بعـد الإسلامويـة على نطـاق واسـع)، ترجمة محمد العربي، https://bit.ly/3DebRVl

12. المرجع السابق.

التحـولات النوعيـة في خطابـات الإسلامـيين وتوجهاتهـم واستراتيجياتهـم[13]. ويتفـق معظم هؤلاء، في أغلب الأمر، على أن ما بعد الإسلاموية هو:

- «محاولـة واعيـة لتأطـير مفاهيـم ووضـع اسـتراتيجية لبنـاء منطـق ونمـاذج متجـاوزة للإسلامويـة التقليديـة في المجـالات الاجتماعيـة والسياسـية والفكريـة، وذلـك بدمـج نمـط تديُّنها بالحقـوق، والإيمـان بالحريـة، والإسلام بالتحـرر. إنها محاولـة لقلب المبـادئ المؤسسـة للإسلامويـة رأسًـا على عقـب مـن خلال تأكـيد الحقـوق بـدلًا مـن الواجبـات، ووضـع التعدديـة محـل سـلطوية الصـوت الواحـد، والتاريخيـة بـدلًا مـن النصـوص الجامـدة، والمسـتقبل بـدلًا مـن الماضي. إنهـا تريـد أن تُـزاوج الإسلام والاختيـار الفـردي والحريـة، على اخـتلاف درجاتهـا، مـن ناحيـة، والديمقراطيـة والحداثـة مـن ناحية أخرى؛ لتحقيق ما أطلق عليه البعض «حداثة بديلة»[14].

ومـن الأمثلـة التـي تُعطى عـادة للتدليـل على صحـة دخـول بعـض الإسلامـويين مرحلـة مـا بعـد الإسلامويـة، تكيُّـف حركـة النهضـة في تونـس[15]، والإسلامويـة التركيـة

---

13. انظر على سبيل المثال:

- Reinhard Schulze, "The Ethnization of Islamic Cultures in the Late 20th century or From Political Islam to Post-Islamism", in George Stauth (ed.) *Islam: Motor or Challenge of Modernity*, Yearbook of the Sociology of Islam, no. 1, 1998, pp. 187-198.

- Gilles Kepel, Jihad: The Trial of Political Islam, 2nd ed. (London: I.B. Tauris, 2002), p. 368.

- Farhad Khosrokhavar, "The Islamic Revolution in Iran: Retrospect after a Quarter Century", Thesis Eleven, vol. 76, no. 1, 2004.

14. محمـد مسـعد العـربي، مـا بعـد الإسلامويـة كمشروع: الماهيـة والحـدود، مؤمنـون بلا حـدود، 20 سبتمبر 2018، https://bit.ly/2SYDFnB

15. محمد يحيى حسـني، مـا بعـد الإسلاموية: حركـة النهضة في تونـس مثـالًا تطبيقيًـا، المركـز الديمقراطـي العـربي، https://democraticac.de/?p=49223

للاستجابة لواقعها السياسي[16]. ولكن آصف بيّات يعترض على الاكتفاء بوصف هؤلاء لـ «ما بعد الإسلاموية» على أنها نوع من التكيُّف، أو على أنها نوع من الاعتدال والوسطية، فهي بالنسبة إليه «قطيعة مع الإسلاموية التقليدية» أو «الراديكالية»، وذلك بدعوتها في الوقت نفسه إلى أن يكون للدين حضورٌ في المجال العام لتعزيز الأخلاقيات داخل المجتمع، في إطار دولة مدنية غير دينية[17].

وقد رصد الباحث المصري، حسام تمّام، من جانبه، في كتابه «تفكك الأيديولوجية ونهاية التنظيم» الصادر عام 2009، بعض التحولات التي تشير انتقال الإخوان المسلمين إلى مرحلة أخرى من تاريخهم، ولكن دون أن يستخدم مصطلح ما بعد الإسلاموية بشكل صريح؛ حيث بدت نسخة أخرى من الإسلاموية تتبلور في الأفق، بهوية جديدة نتيجةً لتحولات الفكرة والمشروع والأيديولوجيا والتنظيم، وذلك بعد ممارسة السياسة ومواجهة واقع الأمور. وهي تحولات يمكن لها أن تتمخض عن «مشروع سياسي يتناسب مع مشروع الدولة الوطنية الحديثة»[18].

وهناك الكثير من النقد الذي وُجِّه إلى مصطلح مفهوم ما بعد الإسلاموية، من أبرزه أنه يركز على آراء «الإسلامويين التقدميين» ويهمل «آراء الإسلامويين المحافظين أو التقليديين»، كما يهمل أنه حتى الإسلامويين التقدميين لم يحددوا بعد، بشكل تنظيري معمّق، الكيفيةَ التي تتوافق فيها رؤيتهم للحريات الشخصية مع حتمية وجود الدين في المجال العام الذي تؤيده[19].

---

16. انظر الفصل الثالث (ما بعد الإسلاموية على الطريقة التركية) من كتاب: ما بعد الإسلاموية: الأوجه المتغيرة للإسلام السياسي، تحرير آصف بيّات، ترجمة محمد العربي (بيروت: دار جداول، 2016)، https://bit.ly/3GlSA60

17. آصف بيّات، ما بعد الإسلاموية: الأوجه المتغيرة للإسلام السياسي، الفصل الأول (ما بعد الإسلاموية على نطاق واسع)، ترجمة محمد العربي، https://bit.ly/3DebRVl

18. قراءة في كتاب تحولات الإخوان المسلمين.. تفكك الأيديولوجيا ونهاية التنظيم، لمؤلّفه حسام تمّام، ط2 (القاهرة: مكتبة مدبولي، 2010)، https://bit.ly/3TJL8Vr

19. آصف بيّات، ما بعد الإسلاموية: الأوجه المتغيرة للإسلام السياسي، الفصل الأول (ما بعد الإسلاموية على نطاق واسع)، ترجمة محمد العربي، https://bit.ly/3DebRVl

وكان مـن نتائـج طغيـان «مـا بعـد الإسلاموية» على المجتمـع الأكاديمـي، سيادة بعـض الأفكار التـي تحولـت بمـرور الوقـت إلى شبه مسلَّمات أو نقـاط عميـاء، ربمـا كان لها دور كبيـر في عـدم الفهـم الصحيـح لظاهرة الإسلاموية؛ فبـات من المُسـلَّم بـه بـالضرورة، كمثـال، عـدم الاهـتمام الـكافي بمـا هـو مـشترك واستراتيجـي بين الحـركات الإسلاميـة والتركيـز فقـط على التبايـن بينها، خصوصًا فيما يتعلق بالوسائل والأهـداف التكتيكيـة. مثـال آخـر، التنـظير لإمكانيـة تطوّر حـركات الإسلام السياسي واقترابهـا مـن نمـوذج الأحـزاب المسيحية الديمقراطيـة[20]. وسنتناول تلك النقـاط العميـاء بشكـل نقـدي في القسـم الرابـع والأخير مـن هـذه الدراسـة، إذ نقـدّم فيـه مصطلح «نهايـة الإسلاموية » في سيـاق مـا يسمى الربيـع العربـي الـذي مثَّـل اختبـارًا، يبدو قاسيًا، لمصطلح ما بعد الإسلاموية، بعد تجربة الإسلامويين في السلطة:

- «مـع فشـل الإسلاميـن في السـلطة في مصـر وتونس، وانكشـاف غيـاب مَلَكة الحكـم، وثقافـة الدولـة، والـرأسمال الـخبراتي السـياسي، وتكالـب كوادرهـم على الوثـوب إلى المواقـع القياديـة في أجهـزة الدولـة أو إعـادة تشكيل أجهـزة الأمـن والإعلام وقيـادات الصحـف في مصر، بـدت هشاشـة الأيديولوجيـا الدينيـة في عمليـات بنـاء هندسـة سياسـية واجتماعيـة وقانونيـة فعالـة في تنظيـم الحيـاة السياسـية والاجتماعيـة على نحـو يسـمح بالتعدديـة والانفتـاح والحـوار الوطني داخـل المؤسسـات السياسـية، وفي وسائـل الإعلام على اختلافهـا على نحـو سـلمي! مـن هنـا تتالـت وتكاثـرت الأخطـاء السياسيـة وتراكمـت، وأدت إلى بـروز وتعبئـة القـوى الشعبية والاجتماعيـة الرافضـة لجماعـة الإخـوان والسـلفيين، وخاصـة رفض الفئـات الوسطى/ الوسطى في المدن المُريَّفة، والأقباط، بجانب المرأة»[21].

---

20. Nathan J. Brown, *When Victory Is Not an Option: Islamist Movements in Arab Politics* (Cornell University Press, 2012).

21. نبيـل عبدالفتـاح، التديُّـن الشـعبوي الرقمـي والفـعلي، **مركـز الأهـرام للدراسـات**، 14 يوليـو 2022
https://acpss.ahram.org.eg/News/17545.aspx

بماذا يمكن توصيف الإسلاموية لتلك الحالة التي أدت بمرور الوقت إلى ما يمكن وصفه بحالة من التشظي الأيديولوجي والتنظيمي في الجماعة الإخوانية؟ للإجابة عن ذلك السؤال تم إدخال مصطلحين جديدين في الأدبيات المتصلة بالإسلامية ومآلاتها: «تحوّل التنظيم إلى تيار»، و«موت الإسلاموية»، وهو ما سنتناوله بالتفصيل في القسمين الآتيين من الدراسة.

ثالثًا- في تحوّل الجماعة إلى تيار

تنقسـم الدراسـات السـابقة لمرحلـة الربيـع العربـي ومـا بعـده بيـن تحليـلات، بعضهـا يصـف الجماعـة بـأن لديهـا تنظيمًـا قويًـا وأيديولوجيـا قويـة أو تنظيمًـا قويًـا وأيديولوجيـا ضعيفـة[22] وفي هـذا السـياق كان الباحـث حسـام تمـام قـد رصـد كيـف أن التنظيـم (وليسـت الأيديولوجيـا) هـو الـذي لعـب الـدور الأهـم، بـل كان هـو العاصـم الرئيسـي مـن انشـقاقات أو انقسـامات خطيرة في الجماعـة[23]. كما كانـت هنـاك نوعيـة ثالثـة مـن الدراسـات التـي تقـول إن في التنظيـم والأيديولوجيـا كليـهما في الوقـت نفسـه مكمَن القـوّة والضعف بالنسـبة إلى الجماعـة[24].

وانـتشرت في الآونـة الأخيـرة، خصوصًـا بعـد الربيـع العربـي، كتابـات أكثرهـا عربيـة تُنظِّـر لتحـوّل تنظيـم «الإخـوان المسـلمين» إلى «تيـار فكـري عـام»، وذلـك كـردّ فعـل على الصراعـات والانشـقاقات التـي أصابـت الجماعـة بعـد مـا يسـمى «الربيـع العربـي»، والتي أثـرت سـلبًا في مكانـة الجماعـة وقوتهـا ووجودهـا على جميـع المسـتويات.

فوصـول الجماعـة إلى سـدة الحكـم وتصدُّرهـا المشـهد السـياسي، إبـان الربيـع العربـي، تحـوّل إلى صـراع هوياتـي على طبيعـة الدولـة وليـس على الحكـم الرشـيد، وتعطّلـت في هـذا الصـراع الدولـة والمواطَنـة وفعّلـت فيـه النزعـات الطائفيـة والعرقيـة، التـي مـا كان لهـا إلا أن تـؤدي إلى تشـريد الملايين ومقتـل مئـات الآلاف وتـدمير دول وعـودة أخـرى عشـرات

---

22. تنظيمٌ قوي وإيديولوجيا ضعيفة: مسارات الإخوان في السجون المصرية بعد 30 يونيو، مبادرة الإصلاح العربي، 29 إبريل 2019.

23. حسام تمّام، **الإخوان المسلمون: سنوات ما قبل الثورة** (القاهرة: دار الشروق، 2012).

24. المرجع السابق.

السـنين إلى الــوراء على المسـتويين الاقتصـادي والاجتماعـي، مثلما حـدث بالفعل في سوريا واليمـن وليبيـا، مـا أدى بالنسـبة إلى بعـض الباحـثين في توجُّه جماعـة الإخوان لتتحول إلى تيـار على حسـاب التنظيـم. ولكـن مـا معنـى تحـوّل التنظيم إلى تيار؟ مـا هـي مظاهـر هـذا التحـول؟ هـل هـو تحـوّل استراتيجـي أم تكتـيكي؟[25] ومـا الإيجابيـات التـي مـن الممكن أن تعود على الإخوان من هذا التحول؟ وما سلبيات هذا التحول؟

ولقـد اسـتند بعـض منظِّـري هـذا التحـول إلى بعـض بيانـات جماعـة الإخـوان المسـلمين، ومـن أهمهـا، بيـان الجماعـة الـذي نُشر على موقعها الرسـمي في 29 يونيو 2019، والذي جاء فيه:

- «سـنعمل كتيار وطنـي عـام ذي خلفيـة إسـلامية، داعمـين للأمـة، ونمـارس الحيـاة السياسـية في إطارهـا العـام، وندعـم كلَّ الفصائـل الوطنيـة التـي تتقاطـع مـع رؤيتنـا في نهضـة هـذا الوطن في تجاربها الحزبيـة، ونسـمح لأعضـاء الإخـوان المسـلمين والمتخصصين والعلـماء مـن أبنائها بالانخراط في العمـل السـياسي مـن خلال الانتشار مـع الأحـزاب والحـركات التـي تتقاطـع معنا في رؤيتنا لنهضة هذه الأم»[26].

ومـن أحـدث الكتـب التـي نظَّـرت إلى جدليـة تحـوّل تنظيـم الإخوان إلى تيار فكري غير محسـوب على اسـم مـعين أو تنظيـم محـدد كتـاب «الإخوان مـن السـلطة إلى الانقسـام.. أزمـة تنظيـم أم تنظيـم أزمـة»، الـذي يوضح أن الهـدف مـن هـذا التحـول أن «يتخفف شـباب الحركة الإسلامية مـن أعبـاء حمـل اسـم تنظيـم الإخوان الـذي بـات ذا سـمعة سـيئة، بـل وتهمـة يكفـي أن تلتصـق بأحدهـم حتـى تدخـل بـه إلى جحيم تاريخ الجماعـة الأسـود»[27]. ويؤكـد الكتـاب أن الحالـة المصريـة التـي تعدُّ الجماعـةَ الأُم هـي الآن

---

25. ماهر فرغلي، الكمون والحلزونية.. الإخوان في موريتانيا مثالًا، **مركز المسبار**، 21 يونيو 2022، https://bit.ly/3xfdCOa

26. خطاب جديد للإخوان للمرّة الأولى منذ 6 سنوات!، **المونيتور**، 11 يوليو 2019،https://bit.ly/3BzyEdg

27. سـامح فايـز، «التيار الفكري».. وسـيلة الإخوان للهـروب مـن تهمـة الإرهـاب، **روز اليوسـف**، 1 يونيـو 2022، https://bit.ly/3BwOJjB

في أحلك مراحل التنظيم، إذ وصل الانقسام الذي تعيشه إلى درجة أن الجماعة أصبحت ذات جهازين إداريين، يمتلك كلٌّ منهما أدواتٍ إعلامية وتنظيمية. ويفسر الكتاب هذا الانقسام بـ«الخلخلة البنيوية» التي حدثت في مفاصل الجماعة[28].

ومن أهم إيجابيات هذا التحول، الواردة في الأدبيات المكتوبة حول الموضوع، هي «منح الجماعة المأزومة مساحة أكثر رحابة ومرونة للتعاطي مع أزمتها الراهنة والعودة إلى المشهد السياسي أو العمل العام في الدول العربية»[29]. ومن أهم السلبيات التي من الممكن أن تصيب الجماعة جراء هذا التحول، تَفَسُّخ الجماعة وانقسامها وتدنّي الولاء لها ولأهدافها ولأيديولوجيتها وتناقص قدرتها على التجييش[30].

أما على مستوى السلبيات والإيجابيات التي من الممكن أن تنعكس على الفاعلين المناوئين للإسلاموية، فمن أهمها أن التنظيم عندما يكون مرئيًّا ومرصودًا يمكن مواجهته في أي وقت والعكس صحيح[31]، كما تكمن خطورة ذلك التحول أيضًا في قدرته على اختراق المجتمعات، وذلك بتقديم التيار نفسه على أنه معتدل يعتمد العمل السياسي البعيد عن التطرف والإرهاب وعن الأفكار التقليدية للجماعة[32].

ومعظم الأدبيات التي تُنظِّر لتحول التنظيم إلى تيار، تُنظِّر أيضًا إلى أن للتيار أهدافًا واستراتيجيات وآليات وأشخاصًا يقومون عليه، وهنا يطرح السؤال الآتي نفسه: أليس التيار المنظم نوعًا من التنظيم؟

---

28. قراءة في كتاب «الإخوان من السلطة إلى الانقسام.. أزمة تنظيم أم تنظيم أزمة»، حوار مع مؤلفي الكتاب، **كيوبوست**، 19 يوليو 2022، https://bit.ly/3qzQa0I

29. رشا عمار، التحولات المستقبلية لجماعة الإخوان.. إشكالية الانسلاخ من التنظيم إلى «التيار».. كيف؟ **مركز تريندز للبحوث والاستشارات**، 27 ديسمبر 2021، https://bit.ly/3BwVaDm

30. المرجع السابق.

31. منير أديب، هل يتحول «الإخوان المسلمون» إلى تيار فكري؟ **العربية**، 23 يوليو 2022، https://bit.ly/3qylIxT

32. تقي النجار، ماذا يحدث داخل تنظيم «لإخوان»؟ **المركز المصري للفكر والدراسات الاستراتيجية**، 18 أكتوبر 2021، https://ecss.com.eg/17075

رابعًا- في نهاية الإسلاموية (-Necro Islamism)[33]

يستهدف هذا القسم الأخير من الدراسة تقديم مصطلح «نهاية الإسلاموية» والإجابة عن السؤال الآتي: ما هو مآل الإسلام السياسي: «ما بعد الإسلاموية»، «التيار بديل عن التنظيم» أم «نهاية الإسلاموية»؟

بدايةً، يتفق معظم الباحثين، خصوصًا في العالم العربي، على أن جماعة الإخوان «تمر بأزمات متعددة وتحديات مركّبة، سواء على صعيد البنية التنظيمية، أو على صعيد تراجع الجاذبية الأيديولوجية، أو على صعيد فقدان الحاضنة الشعبية، غير أن أكثر الأزمات حدة هي المتعلقة بالصراع السياسي بين أجنحته، والتي تعصف بتماسكه التنظيمي وهياكله المؤسسية»[34].

في دراستي «هل نعيش مرحلة «ما بعد الإسلاموية» أم «نهاية الإسلاموية»، المنشورة على موقع **مؤمنون بلا حدود**، فَنَّدْتُ المنطق الذي تقوم عليه مقولة أن مصير الإسلام السياسي هو «ما بعد الإسلاموية» و(أن الإسلاميّين سيتغيّرون تحت ضغط وإكراهات الواقع نحو الديمقراطيّة وحقوق الإنسان ومبادئ التعايش المشترك وتقبّل الآخر)، وأوضحت أننا نستطيع أن نقول بالمنطق نفسه:

---

33. هذا القسم يعدُّ تجميعًا دون الكثير من التصرف لكل ما كتبه الباحث أو شارك في كتابته عن موت الإسلاموية، سواء باللغة العربية أو الفرنسية للتنظير لمصطلح موت الإسلاموية.

34. تقي النجار، ماذا يحدث داخل تنظيم «الإخوان»؟ **المركز المصري للفكر والدراسات الاستراتيجية**، 18 أكتوبر 2021، https://ecss.com.eg/17075

- «إن الإسلامويين عندما تخفّ الضغوط عليهم بعد أن يصِلوا إلى الحكم مثلًا، فإنهم بلا جدال سيتغيّرون أيضًا، ولكن في تلك الحالة سيعودون إلى نسختهم الأوليّة من فهمهم للدين للاستقواء بها، واحتكار الدين والفضاء العام والدولتي. فنسختهم الأولية هذه التي تشكّل نظرتهم الحقيقية للحياة، وتضمن لهم التجييش ورفع الشرعية عن جميع الفاعلين السياسيين والاجتماعيين الآخرين في المشهدين السياسي والديني في المجتمعات الإسلامية[35].

كما أنني شرحت صحبة زميلي البروفيسور، باتريس برودور، في كتابنا المنشور عام 2018[36]، كيف أن مصير الإسلاموية هو الأفول؛ وذلك لفقدها، بعد ما يسمى «الربيع العربي»، حواضنها الرئيسية (في نطاق الدولة الوطنية والمنطقة العربية والعالم) التي كانت تدعم الإخوان والإسلاميين بشكل كبير قبل عام 2011؛ كما وضحتُ خلاصة ردّ فعل الإخوان في صورتين رئيسيتين:

الصورة الأولى: هي العودة التامة إلى خطابهم المؤسِّس بما يتضمنه من تكفير للآخر والتنظير والتبشير بالخلافة والشريعة والشرعية الدينية للحكم السياسي (بحسب فهمهم)، واحتكار الكلام باسم الدين.... إلخ. وهذا ما يمكن أن نطلق عليه (Retro-Islamism) الذي يجسد مرحلة تورط الإخوان بشكل غير مسبوق في التطرف والعنف (ومثاله الحالة المصرية).

أما الصورة الثانية: فهي تتمثل في التخلي بشكل كامل عن المبادئ كلها المؤسسة للإسلاموية (على مستوى الخطاب)، وهو ما يعدُّ تفريغًا للإسلاموية من

---

35. وائل صالح، لماذا تتعاطف دوائر عديدة في الأكاديميا الغربية مع الإسلاموية؟، هل نعيش مرحلة «ما بعد الإسلاموية» أم «نهاية الإسلاموية»، **مؤمنون بلا حدود**، 8 فبراير 2021، https://bit.ly/3RENkwJ

36. Wael Saleh & Patrice Brodeur, *L'islam politique à l'ère du post-printemps arabe: Sommes-nous entrés dans l'ère du nécro-islamisme?* (Paris : Éditions L'Harmattan, 2017), p. 163-190.

كل ما كان يميزها عن التيارات الأخرى العلمانية أو الإنسانوية، وغيرها. وهذا ما يمكن أن نطلق عليه (Neo-islamism)، (ومثاله الحالة التونسية).

وكلتا الطريقتين ستؤدي إلى موت الإسلاموية (Necro-Islamism)؛ لأنها في صورتها المبدئية؛ (أي نمط تديُّنها المؤسس) لم تَعُد مقبولة وفقدت بريقها كليًّا (الصورة الأولى)، وفي حالة التخلي عن كل مبادئها المؤسسة تكون قد اندثرت؛ أي إنها نفت نفسها بنفسها، إسلام سياسي بلا إسلاموية (الصورة الثانية).

ولقد أجملنا في الكتاب نفسه (الذي طورتُ بعض أجزائه باللغة العربية في صورة دراسات صغيرة نشرت في موقعي «أصوات أونلاين» و»مؤمنون بلا حدود»[37]) عددًا من المؤشّرات التي من الممكن لها دعم فرضية أفول الإسلاموية أو موتها:

المؤشر الأول: هو أن «شريحة كبيرة من المجتمعات العربية أدركت أخيرًا أن «الإسلاموية هي المشكلة» وأنها لم تكن أبدًا حلًّا لأي مشكلة. وقد أضحى الإسلام السياسي بعد الربيع العربي مكروهًا مجتمعيًّا، وتعدُّه الدولة الوطنية العربية عدوّها الأول بعد أن بات مصدر الصراعات التي تُمزّق النسيج الاجتماعي والوطني للدول العربية، ومصدر تأجيج الاختلافات المذهبية ووقودًا لاستمرار الصراعات في المنطقة، بما يهدر طاقاتها ويهدد مقدرات شعوبها»[38].

المؤشر الثاني: «هو إدراك شريحة كبيرة من الناس في المجتمعات العربية أن «الإسلاموية» ليست هي الإسلام؛ فالإسلاموية هي رؤية سياسية شمولية حركية للدين تعتقد أن هناك نموذجًا مُعَدًّا مسبقًا يجب على المسلم اتباعه وغير

---

37. المرجع السابق. كما يمكن الاطلاع على الدراسات باللغة العربية على موقع **مؤمنون بلا حدود** على الرابط الآتي: https://www.mominoun.com/auteur/1582 وعلى موقع **أصوات أونلاين** على الرابط الآتي: https:// aswatonline.com/author/waelsaleh/

38. وائل صالح، لماذا تتعاطف دوائر عديدة في الأكاديميا الغربية مع الإسلاموية؟، هل نعيش مرحلة «ما بعد الإسلاموية» أم «نهاية الإسلاموية»، **مؤمنون بلا حدود**، 8 فبراير 2021، https://bit.ly/3ELzVzq

مسـموحٍ لـه بغيـر ذلـك. نمـوذج هـم واضعـوه في الحقيقـة ولكـن يُلبسـونه رداء القداسـة»[39]، شـبكة البـارومتر العـربي البحثيـة في أكبر وأوسـع اسـتطلاع للآراء في منطقتـيْ الشرق الأوسـط وشمال إفريقيا لمصلحـة «بي بي سي عـربي» عامَـي 2018 و2019، أن الشباب العربي يدير ظهره للجماعات الإسلاموية[40].

المـؤشر الثالـث: «هـو إدراك أن كل الجماعـات الإسلامويـة بمختلـف أطيافهـا، وفي القلب منها جماعـة الإخـوان المسلمين، تتشـارك المبادئ المؤسّسـة نفسهـا: لا تعـترف بالأوطـان وحدودهـا، وتخلـط بين الدين والسياسـة فتدنّس الدينـي بإنزالـه إلى مسـتوى السياسي، وترفـع مـن شـأن السـياسي بتقديسـه فيُنتج خلطـة أيديولوجيـة يختلـط فيهـا الـرأي والتفسـير بالنص المقـدّس فيتـداخلان ويكوّنـان تديّنًـا جديـدًا ينفجـر إن عاجلًا أو آجلًـا، في وجـه كل مـن لـن ينضـوي تحت لوائـه. كما تبيّن أن كل تلـك الجماعـات تستخدم الدين في تحقيق مصالحها السياسية والاجتماعية والاقتصادية»[41].

كما أدركـت شرائـح واسـعة مـن المجتمعـات العربيـة والإسلاميـة، أن هـذه التيارات لا تؤمـن بالديمقراطيـة إلا بوصفهـا وسيلة تستطيع مـن خلالها الوصـول إلى السـلطة فقط، فهـي لا تؤمـن كثيرًا بجوهـر العمليـة الديمقراطيـة، المتمثِّل بـاحترام التعدديـة والسـعي للعمـل المـشترك مـع جميـع الأطـراف السياسية والمجتمعيـة. وفي نهايـة المطـاف، تُعـدُّ الإسلامويـة رؤيـة واحـدة ومصيـرًا واحـدًا مـع الاعتراف بـأن مساراتها متعددة[42].

---

39. المرجع السابق.

40. الدول العربية في سبعة رسوم بيانية: هـل بـدأ الشباب العربي يدير ظهره للدين؟ **بي بي سي**، 23 يونيـو 2019،
https://www.bbc.com/arabic/magazine-48661721

41. وائـل صالـح، لماذا تتعاطـف دوائـر عديـدة في الأكاديميا الغربية مـع الإسلاموية؟، هـل نعيـش مرحلـة «مـا بعـد الإسلامويّة» أم «نهاية الإسلامويّة»، **مؤمنون بلا حدود**، 8 فبراير 2021: https://bit.ly/3ELzVzq

42. وائل صالـح، الإسلاموية: رؤيـة واحـدة.. مسارات متعددة ومصير واحد، **مركـز تريندز للبحوث والاستشارات**، 6 إبريل 2022: https://trendsresearch.org/ar/insight/islamism-one-vision-multiple-paths-one-destiny/

المؤشر الرابع: الانقسام والتفجر من الداخل؛ حيث تعددت الاستقالات في أفرع كثيرة ومهمة لجماعة الإخوان، فعلى سبيل المثال، أرجَعَ القيادي التونسي في حركة النهضة، عبدالحميد الجلاصي، استقالته من الحركة إلى الأمراض الاجتماعية والإدارية التي ستفجّر الجماعة من داخلها، وأهمّها ترُكُّز الموارد والمصالح والقرار في يد واحدة، وتهميش مؤسسات الحركة والسّفه في إدارة الموارد المادية والبشرية وانتشار الشَّللية والتدّخلات العائلية، وهوَس التنظيم السرّي ورُهاب المؤامرة وتقديس القيادة[43].

المؤشر الخامس: أصبحت الجماعة مُضيَّقًا عليها ومَشكوكًا فيها على المستويين؛ الإقليمي والدولي، ما أدى إلى إعلان اتحاد المنظمات الإسلاميّة في أوروبا رسميًا فكَّ الارتباط بجماعة الإخوان، وإعلان حركة حماس الانفصال عن جماعة الإخوان المسلمين، وإلغاء مجلس شورى جماعة الإخوان المسلمين في الأردن تبعيتها للجماعة الأم في مصر[44].

ولا ننسى في هذا الإطار، تقرير جنكنز وفار (Jenkins - Farr) الذي أعدّته لجنة التحقيق في أنشطة جماعة الإخوان المسلمين في المملكة المتحدة بقيادة، السير جون جنكنز، السفير البريطاني السابق لدى الرياض، وتشارلز فار رئيس جهاز مكافحة الإرهاب، الذي أقرّ أن بعض قطاعات الإخوان لديها صلة غامضة بالعنف، وأن كثيرين اعتمدوا على فكر الإخوان وتنظيمهم كمعْبَر للتطرف، كما أن منصات الجماعة الإعلامية حتى منتصف عام 2014 كانت تبثُّ بيانات تحرّض عمدًا على العنف في مصر[45].

---

43. للمزيد من التحليل، انظر: فريد بن بلقاسم، قراءة في موجة الاستقالات الأخيرة في حركة النهضة: هل هي بوادر التآكل من الداخل؟ **مركز تريندز للبحوث والاستشارات**، 1 نوفمبر 2021 https://2u.pw/zWwYlWB

44. وائل صالح، لماذا تتعاطف دوائر عديدة في الأكاديميا الغربية مع الإسلاموية؟ هل نعيش مرحلة «ما بعد الإسلاميّة» أم «نهاية الإسلاموية»، **مؤمنون بلا حدود**، 8 فبراير 2021: https://bit.ly/3ELzVzq

45. Sir John Jenkins et Charles Farr, Muslim Brotherhood Review: Main Findings, ordered by the House of Commons to be printed, https://2u.pw/hcWlu9D

أما **المؤشر السادس** على زوال الإسلاموية، فهو فشل «النموذج التركي» الذي كان يُقدَّم على أنه النموذج الذي يُنظَّر لإمكانية الدمج بين الإسلاموية والديمقراطية على نحو فعّال[46].

أما **المؤشر السابع**، فيتمثل في فشل التنظير لكراهية الدولة الوطنية، فلقد دخلت حركة الإخوان في عداء مع كل من كان في سدة حكم مصر، وجيّشت شريحة وازنة من المجتمع ضد كل مفهوم الدولة الوطنية كعدو لمفهومَيْ الأمة، والخلافة والشريعة بمفهومهم المؤدلَج الطائفي[47].

من يحلل كثرة الحديث والتنظير عن نهاية أو فشل الدولة الوطنية العربية أو دولة ما بعد الاستقلال العربية، خصوصًا في الأدبيات الإسلاموية والأدبيات الغربية المتعاطفة مع الإسلاموية، يستطيع أن يفهم كيف تربى الإخوان على أن الدولة الوطنية عدوٌّ لهم، وكيف اتخذوها عدوًّا، وكيف أراد بعض الباحثين المتعاطفين مع الإخوانية عزلنا عن حركة التاريخ بادعائهم فشل الدولة الوطنية العربية أو حتمية فشلها عمومًا، وذلك بادعاء تناقضها البنيوي بين الرغبة في التخلص من الاستعمار السياسي من جانب، والوقوع في نموذجه التحديثي الثقافي «الدولة الوطنية» من جانب آخر. فكتب الفرنسي برتراند بادي، على سبيل المثال، كتابًا روّج له الإسلامويون حول «الدولة المستوردة» في الشرق الأوسط، معتبرًا أنها شكل مؤسسي مجرد وغريب عن الواقع المجتمعي والثقافي للعرب وللمسلمين، لذلك فمصيرها الحتمي هو التحلل والانهيار[48]. فهي دولة متخيَّلة فُرِضت قسرًا من فوق على المجتمع والمواطنين، وهذا مكمن فشلها المحتوم. لقد

---

46. وائل صالح، لماذا تتعاطف دوائر عديدة في الأكاديميا الغربية مع الإسلاموية؟ هل نعيش مرحلة «ما بعد الإسلاموية» أم «نهاية الإسلاموية»، **مؤمنون بلا حدود**، 8 فبراير 2021 https://bit.ly/3ELzVzq

47. وائل صالح، لم تفشل الدولة الوطنية.. بل فشلت الإسلاموية، **العين الإخبارية**، 21 أكتوبر 2020. https://al-ain. com/article/the-national-state-islamism-failed

48. Bertrand Badie, *Les deux Etats: Pouvoirs et société en Occident et en terre d'Islam* (Paris: Fayard, 1986).

أراد الباحثـون مـن أمثـال برترانـد بـادي، بتنظيرهـم ذاك أن يسـتكملوا العزلـة الحضاريـة التـي فرضهـا العثمانيـون على العـرب، ولكـن بشـكل آخر، وذلـك بسجنهم معرفيًـا في لحظـة زمنيـة معينـة مـن تطورهـم، لتأبيدهـم فيها واعتبار تلـك اللحظـة الزمنيـة هوية تقارن باللحظة الآنية للثقافة الغربية كأنهم قد وُلدوا فيها[49].

لقـد جعلـت النتائـج الكارثيـة لما يسـمى الربيـع العربـي، حتـى المفكر المغـربي عبدالله العـروي –الـذي تمحـور مشروعـه الفكـري حـول فكـرة الدولـة الوطنيـة أُفقًـا لتحديـث المجتمعـات العربيـة– يقـول متسرعًـا إن الدولـة تواجـه اليـوم تحديًـا صعبًـا مـع انبثـاق مـؤشرات تحلُّـل وانهيـار هـذا النمـوذج، وأن «المسـتقبل هـو للسـلطة القَبَليـة والفيدراليـات الهشـة». ويبـدو لي هـذا الطـرح مجانبًـا للصـواب، ولعل الطـرح الأقـرب إلى القبـول، مـا جـاء بـه المفكر اللبنـاني رضوان السـيد، الـذي يـرى أن المجتمـع العربي انتقل من مرحلة «الخوف من الدولة» إلى «مرحلة الخوف عليها»[50].

أمـا **المـؤشر الثامـن**، فهـو يتعلـق بتنامي أنـواع تديُّنٍ أخـرى باسـم الإسلام على حسـاب الإسلامويـة. وأهـم أنمـاط التديـن، مـا أسـميه «الإسلام الإنسـانوي»، الـذي يُعنـى بالتنظيـر، مـن داخـل الإسلام، لنـوع مـن التديُّـن يقبـل التعدديـة والتعايـش والتسـامح، ولكـن دون أيديولوجيا. ولا يعنـي ذلـك أن الإسلام الإنسانوي غير مؤدلَج، أو أنـه نـافٍ للأيديولوجيـا، فهـو في حـدّ ذاتـه أيديولوجيـا في النهايـة، ولكنهـا أيديولوجيـا مستوعبة لجميـع الأيديولوجيـات غير الإسلامويـة. وبوضـوح أكبر، يمكـن القـول إن الإسلام الإنسـانوي هـو أيديولوجيـا واعيـة بذاتهـا الأيديولوجيـة، وهنـا تكمـن قوتـه. فهـو أيديولوجيـا للتحـرر مـن الأيديولوجيـا؛ أي إنـه إسلام تحرير الإسلام من الإسلاموية[51].

49. وائـل صالـح، لم تفشـل الدولـة الوطنيـة.. بـل فشلـت الإسلامويـة، **العين الإخباريـة**، 21 أكتوبر 2020: //https: al-ain.com/article/the-national-state-islamism-failed

50. رضوان السيد، الإسلام السياسي وصراعات الحاضر والمستقبل، **الشرق الأوسط**، 30 إبريل 2021 :https://bit.ly/3gkOKQ5

51. وائل صالح، الإسلام الإنسانوي.. موت الإسلاموية، العين الإخبارية، 12 أكتوبر 2020: /https://al-ain.com/article humanistic-islam-death-islamism

هـذا ولا يعنـي مـوت الإسلامويـة أو زوالهـا، الاختفـاء الفـوري أو الاندثـار التـام لهـا ولفكرهـا، ولكنـه يعنـي أن التأثيـر الـذي كانـت تتمتـع بـه قبـل الربيـع العربـي لـن يعـود أبـدًا مثلـما كان. هـو نـوع مـن المـوت الإكلينيكـي يجعـل الحـركات الإسلامويـة لا تغـادر أبـدًا نطـاق الهامـش وكلما اسـتعادت الدولـة الوطنيـة قوتهـا ومكانتهـا ودورهـا ترسَّـخ الإسلام الإنسانوي في المجتمعات، واضمحلت الإسلاموية[52].

والأمثلـة كثيرة على خطـوات مهمـة بُذلـت على طريـق ترسـيخ قيـم ذلك الإسلام غير الإسلاموي، مثل:

1. وثيقـة مكـة المكرمـة التـي أقـرّت فيهـا 1200 شخصية إسلامية مـن 139 دولـة يمثلـون 27 مكونًا إسلاميًا مـن مختلـف المذاهـب والطوائـف؛ دسـتورًا تاريخيًـا لإرسـاء قيـم التعايـش بين أتبـاع الأديـان والثقافـات والأعـراق والمذاهـب في البُلـدان الإسلاميـة مـن جهـة، وتحقيـق السـلم والوئـام بين مكونات المجتمع الإنساني كافة.

2. وثائـق الأزهـر: (وثيقـة التجديـد في الفكـر والعلـوم الإسلاميـة، ووثيقـة الأخـوّة الإنسـانية، وإعلان الأزهـر العالمـي للسـلام، وإعلان الأزهـر للمواطَنَـة والعيـش المشـترك، ووثيقـة الأزهـر لنبـذ العنـف، ووثيقـة الأزهـر للحريـات) التـي تمثّـل، على اختـلاف موضوعاتهـا وسـياقاتها، نقـدًا لـكل أسـس الإسلاموية وانحيازًا لقيم الحوار والتعايش.

3. «مجلـس حكـماء المسـلمين» الـذي يهـدف إلى تعزيـز السـلم في المجتمعـات المسـلمة وإطفـاء الحرائـق التي تجتـاح جسدها وتهـدد القيـم الإنسانية ومبـادئ الإسلام السـمحة وتشـيع شرور الطائفيـة والعنـف التـي تعصـف بالعالم الإسلامي منذ عقود[53].

---

52. المرجع السابق.

53. المرجع السابق.

أمـا **المـؤشر التاسـع** والأخير، فيتمثـل في تداعـي الأدبيـات التـي كانـت تُنظِّـر لِمَا بعد الإسلاموية بعد تجربة ما يسمى «الربيع العربي».

قبـل الربيـع العربـي اتجـه قسـمٌ وازنٌ مـن الأدبيّـات المتداولـة حـول ظاهـرة الإسلاميـة، خصوصًـا في الدوائـر البحثيـة والأكاديميـة الغربيـة وتحـت تـأثير كل مـن علـم الاجتماع وعلـم الأنثروبولوجيـا، إلى تحليـل النصـوص التأسيسية لفهم ممارسـات ومخيّلـة الإسلاميـين، واعـتبر أن تلـك النصـوص هـي اختـزال لواقعهـم، وأنه يكفـي الاكتفـاء بمـا يقولـه الإسلاميـون عـن أنفسـهم بخصـوص أنهـم ديمقراطيـون، وأن ولاءهم لدُوَلِهم الوطنية، على سبيل المثال، حقيقة مسلَّم بها.

ثمّـة حقائـق وملاحظـات معاكسة غابـت عـن بيرغـات (Burgat) وعـن المنتمـين إلى هـذا التيّـار المتعاطـف مـع الإسلاموية، الـذي يقـول إنّ تحليـل النصـوص التأسيسية لفهم ممارسات الإسلاميين ومُخيّلتهم هو اختزال لواقعهم هي:

أولًا: يتـم اختـزال المنهـج «التجريبي» عند هـذا الفريـق مـن الباحثين إلى نـوع مـن التسـجيل والنسـخ لخطابهـم الشـفاهيّ المُعطَـى خلال المقـابلات مـع القـادة الإسلامويين، دونمـا قـراءة مسـبقة أو موازية لنصوصهـم التأسيسية المكتوبـة، التـي يتربّـوْن عليهـا ويحفظونهـا عـن ظهـر قلـب، بـل ويقدّسـونها، ودون تحليـل لاحـق شـامل. باختصـار، ليـس الباحـث جهـاز تسـجيل أو مجـرّد معجَب مغـرَم «Fan» بموضـوع وأشـخاص دراسـته، ليكـرّر مـا يقـال دون إخضاعـه لأدوات جمـع المعلومـات وفهمها وتفسيرها وتحليلها[54].

ثانيًا: إن اختـلاف الباحـثين لا ينشـأ فقـط بسـبب الفـارق بـين المقابلـة الشـفهية أو النـص التأسيسي؛ فكلاهما تعبـير لغـوي في النهاية، ولكـن مـا يصنـع الفارق أيضًـا

---

54. وائل صالح، لماذا تتعاطف دوائر عديدة في الأكاديميا الغربيـة مـع الإسلاموية؟ عندمـا يتحول فريـق مـن باحثي الإسلاموية إلى أجهزة تسجيل تعيد ترديد مقولات الإخوان المنمّقة، **مؤمنون بلا حدود**، 11 يناير 2021: https://bit.ly/3XgXNCf

هـو طريقـة تعامـل الباحـث مـع هـذه التعبيـرات، فلكي تكـون قـادرًا على فهـم معمّـق وجيّـد لخطابـات الإسلاميـين مـن خلال المقابلات المبـاشرة، يجـب أن تضـع أولًا تلك الخطابـات في سياقاتها، خصوصًـا الفكريـة منهـا، ثـم تقـوم بتحليـل الخطاب نوعيًـا وكميًـا؛ للتمكّـن مـن فهـم هدفـه ومنطقـه وتماسكـه، وتحديـد الأسـس المعرفية والخلفيـة والأطر النظريـة للخطاب الـذي أسـهمت في تشكّله، التـي لا غنـى عنهـا لمعرفـة مضـامين ذلـك الخطـاب ومحتوياتـه وغاياتـه ومعاييره وفضائـه وبنيتـه وجنسـه؛ بهدف التمكّـن من تحليل ذلك الخطاب.

ثالثًا: عـادة مـا يكتفـي هـذا الفريـق مـن الباحـثين بمقابلات مـع عـدد قليـل مـن قيـادات الإسلامويـة السياسية، المـدرّبين على مخاطبـة الباحثـين الأكاديميـين ووسائل الإعلام الغربيـة بصـورة منمّقـة تتعامـل بـذكاء مـع هواجـس الغـرب، ومـن ثـم فلا يصـحّ التعميـم مـن خلالهـم على كامـل أعضـاء جماعاتهم والمنتمين إليهـا والمتعاطفين معهـا، وخصوصًـا القواعـد التـي تتحـدث بعفويـة أكثر، وتكشـف الارتبـاط بالنـص المؤسّـس المتشـدّد وليس الموازنة الإعلامية أو المداورة السياسية.[55]

في حالـة جماعـة الإخـوان المسلمـين، على سـبيل المثـال، لم يكـن الباحـث وحـده هـو مـن يختـار مـن يتم معـه اللقـاء، ولكـن كان للجماعـة الـدور الأكبر في ذلـك؛ حيـث تتمّ هـذه اللقـاءات البحثيـة عـادة مـع مسـؤولي الاتصـال السيـاسي في الغـرب، وهـم عـادة كـوادر مدرّبـة على اصطنـاع خطاب منفتح غير متشـدد مُطَـمْئِنٍ للغـرب، وليسوا ممـن يعملـون في قطاع التنشئة للأعضـاء الجـدد أو قطـاع الدعوة الموجَّـه إلى جمهور المسـلمين عمومًـا؛ حيـث يمكننا القـول باطمئنان، إن خطابهـم سيكون مختلفًـا بالطبع وغير معبِّـر عـن حقيقـة رؤى الإخـوان ومواقفهـم. ونـادرًا مـا تقابـل الباحثـون مـن هـذا التيار مـع أيٍّ مـن المنشقّـين الذين خرجوا مـن الجماعـة أو مـع قيـادات الجماعة الذين وصلوا إلى الحكـم في بلادٍ مثـل السـودان وقدّمـوا نمـاذج مدمّـرة لما يُعـرف بالحكومـة الإسلاميـة

---

55. المرجع السابق.

(بقيت جبهة الإنقاذ وعمر البشير المخلوع نموذجًا في السلطة طوال ثلاثة عقود بالتمام والكمال)؛ لذا يمكننا القول، إن مقابلاتهم ودراسات الحالة التي أجروها كانت انتقائية للغاية وغير ممثِّلة -بالمعنى الإحصائي- للمنوال الغالب على خطابات عموم أعضاء الجماعة، وهي خطابات أكثر انغلاقًا وتشدّدًا وأقل تسامحًا، والمشكل الأساسي أن هؤلاء الباحثين يستنتجون من خلال هذه اللقاءات -المتحيّزة منهجيًا- تفسيرًا عامًّا يريدون فرضه على سائر الباحثين والسياسيين لفهم ظاهرة الإسلام السياسي [56].

رابعًا: لم يسبق لهذا التيار أن أجرى مقابلات لمعرفة وجهات نظرهم الخاصة حول الدور الذي تلعبه النصوص التأسيسية والشعارات في ممارساتهم اليومية. إنهم كمن يضع فقط ما يعتقد هو على ألسنة مَنْ يقابلهم من الإسلاميين، فهل يتفق الإخوان المسلمون مثلًا مع افتراض فرانسوا بيرغات Burgat بأن الشريعة ليست هي مصدر شرعية النظام السياسي؟! [57].

بعبارة أوضح، يعتقد هذا الفريق من الباحثين أن الخطاب الديني للإخوان المسلمين هو مجرد واجهة بلاغية لا تؤثر في ممارساتهم، ويبدو أن نهج بيرغات وتيّاره ينكر حقيقتين واضحتين: الأولى، أن الإخوان المسلمين لديهم ثقافة وتراث نصّي يتعارضان تمامًا مع ما يدّعي وصفهم به. ثانيًا، لم يقل الإخوان المسلمون قطّ إن هذه النصوص لم تعد تؤثّر في ممارساتهم وأهدافهم الاستراتيجية، ولا يقبلون أبدًا أن يقول هو أو غيره عنهم ذلك أمام جمهورهم الحقيقي في بلادهم، يقبلونه فقط إن ظلّ في ندوة مغلقة أو كتاب بلسان غير عربي [58].

إذا كان جيل كيبل Gilles Kepel، بحسب بيرغات، يتجاهل تفاعل خطاب الإسلاموية السياسية مع المجتمع ومعارضته للنظم الحاكمة في العالم العربي، فإن

---

56. المرجع السابق.

57. المرجع السابق.

58. المرجع السابق.

طريقـة فهـم بيرغـات وتيّـاره تبـدو لنـا وكأنـه يصر -دون مبرّر مقنـع - على تجاهـل البُعدَيْن الديني والأيديولوجي وإخفاء تأثيرهما الحاسم في الظاهرة[59].

خلاصـة الأمـر، الـذي يقـول إن تحليـل النصـوص التأسيسـية لفهـم ممارسـات الإسلامـيين ومُخيّلتهـم هـو اختـزال لواقعهـم، لا يسـتخدم نهجًـا تفرضـه الظاهرة الإسلامويـة وطبيعتهـا على الباحـث، بقـدر مـا يعمـل على اختـزال تلـك الظاهـرة القائمـة على نصـوص مؤسّسـة لهـا كرؤيـة للعالـم في عـدد قليـل مـن المقابـلات [المخطَّط لها بعناية] مع بعض قياداتها التي تتعمّـد استخدام «خطاب مصطنَع» موجَّه للغرب تحديـدًا؛ بهدف كسب تعاطفه وتأييده السياسي[60].

كما عرضتُ نقـدًا لمثالـب أخـرى في دراسـة الإسلامويـة في كتابي مـع البروفيسور بجامعـة مونتريـال، باتريـس بـرودور، Patrice Brodeur «الإسـلام السـياسي بعـد الربيـع العربـي... هـل حـان وقـت النهايـة للإسلامويـة السياسـيّة؟»، وذلـك قبـل أن أجملهـا وأزيـد عليهـا وأنقـح بعضهـا في سلسـلة دراسـات قصيرة نشرتُها في موقع **أصوات أون لاين ومؤمنون بلا حدود**[61].

تناولـت في سلسـلة[62] مـن تلـك الدراسـات القصيرة، الأصـول والمبـادئ التـي تأسـس عليهـا ذلـك الاتجـاه في الأكاديميـا الغربيـة، الـذي يغلـب عليـه التعاطـف مـع «الإسلامويـة»؛ أي فكـر الحـركات الإسلاميـة، وبيّنـتُ أن هـذا التعاطـف مؤسَّـس،

---

59. المرجع السابق.

60. وائل صالح، لماذا تتعاطف دوائر عديدة في الأكاديميا الغربية مع الإسلاموية؟ عندما يتحوّل فريق من باحثي الإسلاموية إلى أجهزة تسجيل تعيد ترديد مقولات الإخوان المنمّقة، **مؤمنون بلا حدود**، 11 يناير 2021: https://bit.ly/2cbm5g8

61. Saleh Wael, et Brodeur Patrice, *L'islam politique à l'ère du post-printemps arabe: Sommes-nous entrés dans l'ère du nécro-islamisme?* (Paris: Éditions L'Harmattan, 2017), p. 73-74.

62. يمكن الاطلاع على الدراسات باللغة العربية على **موقع مؤمنون بلا حدود**، على الرابط التـالي: https://www.mominoun.com/auteur/1582 وعلى **موقع أصوات أونلاين** على الرابط التالي: https://aswatonline.com/author/waelsaleh/

ومنـذ عقـود، على أفكـار خاطئـة عـن جماعـة الإخـوان بالأسـاس، ولكنهـا أصبحـت مـن المسـلَّمات في اللاوعـي الجمعـي لهـؤلاء الأكاديميـين في الجامعـات ومراكـز البحـث الغربية، وأهم تلك الأفكار:

1 . تشـبيه الإسلامويـة بلاهـوت التحرير: ومـن أجـل نقـد تلك المقاربة أوضحتُ المقارنـات المهمـة والاختلافـات الجذريـة الواضحـة التـي لم يضعهـا بعـض الباحثين الغربـيـين في اعتبارهـم عنـد تشـبيه حـركات الإسلامويـة بحـركات لاهـوت التحريـر ذات التوجّه المـدني التحرري التـي وقفـت مـع الفقـراء بحـقٍّ في أمريـكا اللاتينيـة[63]، وذلك لتأكيـد أن الطبيعـة الفكريـة الخاصـة بالتطور السياسـي للحـركات الإسلامويـة في بلادنـا قـد أنتجـت في واقـع الأمـر فكـرًا دينيًـا رجعيًـا غير تقدمـي، فهـي لاهـوت تكفير أكثر منها لاهوت تحرير.

2. الإسلامويـة تيـار ينتمـي إلى مـا بعـد الحداثـة: فالبعـض يظـن بمـا أن الإسلاميـين ينتقـدون الحداثـة ومفاهيمها الخاصـة بـدور الدولـة المركـزي والهويـة الوطنيـة الواحـدة الشـاملة، فإنـه يمكـن اعتبارهـم تيـارًا ذا بُعـد مـا بعـد حداثي، بينما الحقيقـة أن الحداثـة هـي حركـة فكريـة مدفوعـة بالقيـم الفلسـفية وليـس بالقيـم الثيوقراطيـة الدينيـة، كـما هـي الحـال مـع الإسلامويـة التـي لا تقبـل بالطبـع تعددية ما بعد الحداثة[64].

---

63. انظر على سبيل المثال:

- Taussig, Sylvie, De l'islam politique à la théologie musulmane de la libération, *Les Temps Modernes*, Gallimard, 2018/4, n° 700, p-p. 66 -94.

- Hamid Dabashi, *Theology of Discontent: Ideological Foundations of the Islamic Revolution in Iran* (New York: New York University Press: 2005).

- *http://www.carnegieendowment.org/files/cp49_fuller_final.pdf*

- *http://www.unhcr.org/refworld/pdfid/4a9793a32.pdf* .

64. وائل صالح، لماذا تتعاطف دوائر عديدة في الأكاديميا الغربية مع الإسلاموية؟، هل الإسلاموية تيار ينتمي إلى ما بعد الحداثة؟، **مؤمنون بلا حدود**، 7 ديسمبر 2020، https://bit.ly/3EqJdzf

3. الإسلامويـة هـي الإسلام أو هـي التيار الأكثر تمثيلًا للمجتمعـات المسـلمة
وهـؤلاء يطابقـون بين الإسلام بوصفـه دينًا وبين الجماعـات الإسلامويـة، وتعدُّ الأخيرة
هـي الممثِّـل الوحيـد للإسلام، متجاهلـة في الوقت ذاتـه تيارات أخـرى مهمـة على
السـاحة الإسلاميـة، كتيـار التصـوف، وتيار التجديـد العقلي... إلـخ. وكان مـن
المدهـش مطابقـة بعـض هـؤلاء الأكاديميـين بين الإسلام والإخـوان تحديـدًا، ومـن
الغريـب أن تيـارات تتعـارض فيما بينها تعارضًـا كليًّـا تتفـق على هـذه الفكـرة،
فكيـف يصـل تيـار الاستشراق في قسـمه الاستعماري، الـذي يمثله أمثـال برنارد
لويـس، إلى النتيجـة نفسـها التي يتبناها تيار مـا بعـد الكولونيالية، الرامـي إلى فهـم
صحيـح للمسـتعمرات السـابقة يزيـح الـركام الخاطـئ الـذي زرعتـه الدوائـر
الإمبريالية القديمة والحديثة[65].

**4. فصـل الديـن عـن الدولـة هـو خصوصية مسيحية بينما المزج بينهما هـو
مـن خصوصيـة الإسلام:** نـرى أن فصـل الديـن عـن الدولـة ليس خصوصيـة مسيحية،
كما أن المـزج بينـهما ليـس خصوصيـة الإسلام، مثـلما يدّعـي بعـض المتعاطفـين مـن
الأكاديميـا الغربيـة مـع الإسلامويـة، فالتطورات الجذريـة (الاقتصاديـة/ الاجتماعيـة/
الفكريـة) هـي التـي فرضت العلمانيـة فرضًـا على الكنيسـة في السياق الغربي، بينما
في المقابـل، لم تتعـرض البـلاد ذات الأغلبيـة المسـلمة بعـد، للتـأثيرات الجذريـة
للتطـورات الاقتصاديـة والاجتماعيـة والفكريـة بالقـدر الـكافي لتتطـور في الاتجـاه
نفسه، ولو بطريقة تعكس خصوصية تجربتها الثقافية والحضارية[66].

---

65. انظر على سبيل المثال:

- Spivak G.C, "Can the Subaltern Speak?", in Cary Nelson and Larry Grossberg (eds.), *Marxism and the interpretation of Culture* (University of Illinois Press, 1988).

-Enes Bayrakli & Farid Hafez, Islam*ophobia in Muslim majority Societies* (Routledge, 2018).

لماذا تتعاطف دوائـر عديدة في الأكاديميـا الغربيـة مع الإسلامويـة؟ ((1)] 3ــ هـل الإسلامويّـة هـي الإسلام أم هـي التيّار المتغلّب إعلاميًّا؟ **مؤمنون بلا حدود**، 14 ديسمبر 2020، https://bit.ly/3gpNZoP

66. المرجع السابق.

5. العنـف الـذي تمارسـه الإسلامويـة يعـود بالأسـاس إلى أسـباب غير أيديولوجيـة: إعطـاء كل العوامـل وزنهـا النسـبي هـو أمـر ضروري لفهـم أفضـل لظاهـرة التطرف التـي تـؤدي إلى العنـف -كذبًـا- باسـم الإسلام، وبعـض الباحـثين الغربـيين يقـع في فـخّ تبيـيض عنـف حركات الإسلامويـة؛ حيـث يبرئـون نمـط التديُّـن المنغلـق والمتشـدد الـذي يتربى عليـه أعضاء هـذه الجماعـات، مـن تفسير انتقالهـم السريـع لممارسـة العنـف ضد الآخريـن، كما ينكـرون تمامًـا دور النـص الأيديولوجـي المؤسِّـس والمسـوِّغ للعنـف، مثـل كتـب سـيد قطـب والمـودودي وفـرج عبدالسـلام ... وغيرهـا، ويحصـرون أسـباب عنـف هـذه الحـركات فقـط في التهمـيش الاقتصـادي والاجتماعـي والسياسي [67] -وهـي عوامـل ذات تـأثير بالفعـل- بوصفها وحدها العوامل المنشِئة لهذا العنف [68].

6. الإسلامويـة هـي ردّ فعـل على الغـزو الثقـافي الغـربي: لم يـدرك مـن يقـول بذلـك، أن الهويـة عنـد حـركات الإسلامويـة قائمـة قبـل كل شيء على مواجهـة «الآخـر» داخـل الوطـن؛ أي المسـلم غير المنضـوي تحـت فكـر تلـك الحـركات، وليس كبديـل لهويـة المسـتعمر الغـربي السـابق أو العـدو الحـالي، مثلـما يدّعـي بعـض المتعاطـفين في الأكاديميـة الغربيـة مع الإسلامويـة. وبمـا أن مفهـوم الهويـة لا يمكن فصلـه عـن مفهـوم الآخـر الـذي تسـتمد الهويـة شرعيتهـا منـه، فإننـا بيّنّـا في هـذه الدراسـة كيـف أن أكثر نمـاذج «الآخـر» كراهيـة في أيديولوجيـا حـركات الإسلامويـة، هـو المسـلم غير المنتمـي إلى هـذه الحـركات وفكرهـا، وليـس الآخـر

---

67. انظر على سبيل المثال:

- Olivier Galland et Anne Muxel, *La tentation radicale. Enquête auprès des lycéens* (Paris: Presses Universitaires de France, 2018), 460 p.

- Dounia Bouzar, *Français radicalisés : Enquête : ce que révèle l'accompagnement de 1000 jeunes et de leurs familles* (Paris: Éditions de l'Atelier, 2018), 302 p.; et Farhad Khosrokhavar, *Le nouveau jihad en Occident* (Paris: Robert Laffont, 2018), 589 p.

68. المرجع السابق.

الغربــي أو الآخــر المغايــر في الديـن؛ لأن وجــود المسـلم الرافـض للفكـر السـياسي لتلك الحـركات في حـد ذاتـه يشـكّك في أسـاس فكرهـا السـياسي، وهـو أن «الإسلام هو الإسلاموية» [69].

7. الإسلامويــة تتوافـق مـع المواطَنــة والعيــش المـشترك: بعيـدًا عـن الـدور الروحـي الـذي يلعبـه الديـن في حيـاة الفـرد والمجتمـع، فـإن الشـروط الرئيسـية لتوفيـر بيئـة سياسـية تناقـش الشـأن العـام وتسـودها القيـم الأساسـية للمواطَنـة والعيـش المـشترك، تُوجِـب تفريـغ الفضـاء الدولتـي مـن الدينـي والعقـدي، فالدولـة لا يجـب عليهـا في الوقـت نفسـه أن تتديّـن ولا أن تعـادي الديـن. وفي الفضـاء العـام يجـب أن تحصر المنافسـة بين الفاعلـين السياسـيين، فيمـن يديـر الدولـة بشـكل أفضـل في إطـار دولـة تنمويـة وإخـراج الديـن مـن مجـالات المنافسـة والصراعـات السياسـية. وفي هـذا الفضـاء العـام يكـون للحـركات والقـوى السياسـية الحـق في اختيـار وتبنّـي المرجعيـة والإطـار الأخلاقـي، سـواء كان دينيًّـا أو أيديولوجيًّـا، لكـن لا ينبغـي فـرض تقديسـها على الآخريـن أو منعهـم مـن نقدهـا باسـم الديـن. فضـاء عـام سياسـي لا تعـزل فيـه الآليـة السياسـية للديمقراطيـة (صندوق الاقتراع) عـن معاييرهـا وشـروطها السياسـية والفلسـفية الكامنـة وراءهـا، والتـي بدونهـا لا يمكـن للديمقراطيـة أن توجـد. وشـرعية الحكـم يجـب أن تكـون قائمـة فحسـب على شـرعية الإنجـاز، وإن مـا اتفـق النـاس عليـه لتنظيـم شـؤون حياتهـم هـو المصـدر الوحيـد للتشـريع. تلـك المعايير هـي وحدهـا التـي تسـتطيع ضمـان القيـم الأساسـية للمواطَنـة والعيـش المـشترك وهـي تتعارض كليًّـا مع النصـوص المؤسِّسـة لفكـر حـركات الإسلاموية [70].

69. وائـل صالـح، نحـو مبـادئ مشـروع فكـري لمجابهـة الإخـوان معرفيًّـا في أوروبـا، **مركـز تريـندز للبحـوث والاستشـارات**، 3 يونيو 2021: https://bit.ly/3tN19zu

70. وائـل صالـح، لماذا تتعاطـف دوائـر عديـدة في الأكاديميـا الغربيـة مـع الإسلاموية؟، **مؤمنـون بلا حـدود**، 13 فبرايـر https://bit.ly/3EOnSBn ،2021

مما سـبق، يتضـح أن المقـولات التـي يعتمـد عليهـا المتعاطفـون مـع الإسلامويـة مـن باحثـي الأكاديميـا الغربيـة، هـي مقـولات غير صحيحـة وغير مبنيـة على قـراءة صحيحـة لحـركات الإسلامويـة وفكرهـا المسـيَّس. ومما لا شـك فيـه أن تلـك المقـولات المغلوطـة قـد تحولـت بمـرور الوقـت إلى مسـلَّمات غير مطروحـة للنقـاش وإعـادة النظـر، وهـي مسـلَّمات تصبُّ في مصلحـة حـركات الإسلام السـياسي لأنها تدفـع تلقائيًّـا، ليـس فقـط نحـو قبـول هـذه الحـركات دون إدراك مخاطـر فكرهـا وسـلوكها العنيـف، ولكـن أيضًـا لأن هـذا التبريـر الأكاديمـي المتسـرّع يقـدم التسـويغ «العلمـي» لإقـدام بعـض المؤسسـات السياسـية، بـل الـدول الغربيـة، على التعاون مع هذه الحركات[71].

---

71. المرجع السابق.

الخاتمة

لا يـزال بعـض الباحـثين يـرون أن ظاهـرة الإسلام السـياسي باقيـة ولـن تـزول، أو أن زوالهـا لـن يكون في المـدى القريـب، سـواء كان ذلك في شـكل ذوبـان متدرج، أو في شـكل انهيـار كلي في لحظـة معينـة، أو في صـورة تحـوّل نحـو أشـكال وسـيطة، هـي مراحـل على طريـق زوالهـا[72]. وللتدليـل على ذلـك، يسـوقون عوامـل قـد تؤخـر، مـن وجهـة نظرهـم، مـوت الإسلامويـة أو أفولهـا، ومـن أهمهـا مـا يلي: القدرة العاليـة على التكيـف، وازدواجيـة الخطـاب، والجمـع بين العمـل العلنـي والعمـل السري، والقـدرة على درجـة مـن التماسـك، بالرغـم مـن الانشـقاقات، وقـوة الـولاء للقيـادة، والربط بين العقيدة والسياسة[73].

ومما لا شـك فيـه أن هنـاك مـؤشرات إلى محـاولات جماعـة الإخوان المسـلمين تفـادي مرحلـة الأفـول وإعطـاء قُبلـة حيـاة أو إعـادة بعـث لتلك الجماعـة، محـاولات نلخّص أبرزها في النقاط الآتية:

- محـاولة تحويـل التنظيـم إلى تيـار مثلـما أوضحنا في بدايـة هـذه الدراسـة، وإدمـاج بعـض الأحـزاب الإسلامويـة بعضها مـع بعـض، كما حـدث مؤخـرًا في اندماج «حزب زمزم» مع «الوسط الإسلامي» في الأردن[74].

---

72. أنس الطريقـي، **مسـتقبل الإسلام السـياسي في العوامـل الذاتيـة للاسـتمرار**، اتجاهـات حـول الإسلام السـياسي، العـدد 12، مركز تريندز للبحوث والاستشارات، ص 9.

73. المصدر السابق، ص ص 16-28.

74. رسميًا.. دمج حزبي الوسط الإسلامي و«زمزم»- وثيقة، **جريدة الغد**، 24 مارس 2022، https://bit.ly/3gjTlCa

- استمرار استخدام الجماعة لقضايا مُجمَع عليها كقضية الإسلاموفوبيا. وفي هـذا الصـدد نجحـت شخصيات محسوبة على التيار الإسلامـوي (إلهـان عمـر) في تمريـر مشروع قانـون لمكافحـة الإسلاموفوبيا في الولايـات المتحـدة الأمريكيـة منتصـف شـهر ديسـمبر 2021، وسـيتمخض هـذا المشروع عـن إنشـاء منصـب مبعـوث خاص مكلف بمعالجـة الإسلاموفوبيا في جميـع أنحـاء العـالم؛ مـا سـيجعل منـه حصـان طروادة لبقـاء أيديولوجيـة جماعـة الإخوان المسلمين؛ نظرًا إلى الخلط البيِّن بين الإسلام والإسلاموية في الغرب[75].

- كـما مثَّـل الانسـحاب الأمريكـي مـن أفغانسـتان وعـودة طالبـان إلى الحكـم بارقـة أمـل للإخـوان المسـلمين بتبنِّـيهم النمـوذج الطالبـاني في الوصول إلى الحكـم. ويمكـن أن تمثَّـل الحـرب الأوكرانيـة-الروسـية، للإسلامـيين بيئـة مواتيـة لصقـل مهاراتهـم العسـكرية: للتلاقح بين أفكارهـم والأفكار المتطرفـة غير التديُّنيـة، وهـو مـا قـد يسـهم في أن تصنع الحـرب الروسية-الأوكرانية نسختها الخاصة من الجهاد الهجين[76].

- يضـاف إلى ذلـك، الظهـور المطَّـرد لملامـح تحالـف ناشـئ بـين الإسلاموية (بشـقيها السُّـني والشيعي) والأوراسية الجديدة، مـا يمثِّـل إعطـاء قبلـة حيـاة، ومـن مظاهـر ذلـك التقـارب المطَّـرد (الاقتصـادي والعسـكري والجيوستراتيجي) الـذي لا يتوقـف بين روسـيا-بوتين، وتركيا-أردوغـان منـذ عـام 2016، كـما لا يتوقـف بين روسـيا-بوتين مـن جانـب، وإيـران-الملالي مـن جانب آخر[77].

75. الديمقراطيـون في مجلـس النـواب الأمـريكي يمـررون مشروع قانـون لمكافحـة الإسلاموفوبيا، **روسـيا اليـوم**، 15 ديسمبر 2021، https://bit.ly/3UTg9rr.

76. وائـل صالـح، الحرب الأوكرانية: التلاقـح البيني للأفكار المتطرفـة التدينية وغير التدينية يفرز الجهـاد الهجين، **حفريات**، 29 مارس 2022، https://bit.ly/3Op2HJt.

77. وائـل صالـح، تحـالـف الإسلامويـة والأوراسـية الجديـدة.. الخطـر الأعظـم، ضمـن كتـاب: **تطويـع المحافظـة: الأوراسيـون - الإسلامويـة - الغرب**، كتاب المسبار، العدد 169، يناير 2021، ص 261- 280.

ولكـن في المقابـل، فـإن مـا تلقّتـه الجماعـة مـن ضربـات شـديدة في السـنتين الأخيرتين يمكـن أن يُقَـوّيَ فرضيـة قُـرب أفولها أو موتهـا، مثلما أسـلفنا، ويمكـن إجمال أبرز ما تعرضت له الجماعة في السنتين الأخيرتين 2021 و2022، في الآتي:

- في عـام 2021 علـى سـبيل المثـال، أجهـزت القـرارات الاستثنائية لرئيـس الجمهوريـة التـونسي، قيـس سـعيِّد، وفـق صلاحياتـه الدسـتورية، بإقالـة الحكومـة وحلّ البرلمان، على النمـوذج المتبقـي مـن وصـول الإخـوان إلى سـدة الحكـم بعـد مـا يسـمى «الربيـع العـربي»[78]. ومـن ناحيـة أخـرى تبلـورت مقاربـة أوروبيـة أكثر حزمًـا تجاه «الإخـوان» مـن دول مثل: فرنسـا والنمسـا وألمانيـا. وحـدث بـزوغ تحالفـات دوليـة جديـدة لمواجهـة أيديولوجيـة الإخـوان[79]. يضـاف إلى ذلك، إقـرار البرلمان المصري قانونًـا يتيح فصـل موظفـين حكوميـين ينتمـون إلى جماعـة «الإخـوان المسـلمين»[80]. كما خسرت جماعة الإخوان المغربية الانتخابات في شهر سبتمبر 2021[81].

والأمثلـة السـابقة تؤكـد فقـدان الجماعـة لحاضنتها الشـعبية ولتأثيرهـا في المجتمعـات العربيـة، وفاقَـمَ مـن ذلـك الفقـد ازدواجيـة الجماعـة في استخدام قضايا المنطقة، خصوصًـا بعـد زيارة الرئيـس الإسرائيلي تركيا التـي أثبتـت لعامـة النـاس مـدى تلـك الازدواجيـة، وتلـك المتاجـرة. واستمرت الجماعـة في تلقّـي المزيـد مـن الضربـات الشـديدة التـي أضعفتهـا كثـيرًا في عـام 2022. كما يمكـن

---

78. تحليل: دستور «25 جويلية».. سعيد يدوّن ملامح «جمهوريته» الغامضة في تونس، DW، https://2u.pw/izhLt4x

79. كيف تحاول جماعة الإخوان مواجهة تحركات النمسا وألمانيا في ملف الإسلام السـياسي؟ **كيوبوسـت**، 14 يوليو 2021، https://bit.ly/3XnB4nV

80. بـرلمان مصر يقر قانونًـا يتيح فصـل موظفين ينتمون إلى جماعـة «الإخـوان المسـلمون»، **فرنسـا 24**، 12 يوليو 2021، https://bit.ly/3tNG3ks

81. بعـد 10 سـنوات سـلطة.. إخـوان المغـرب يـخسرون الانتخابـات.. حصلـوا على 12 مقعـدًا مـن 395 والأحـزاب الليبرالية تتقدم، **درب**، 9 سبتمبر 2021، https://bit.ly/3tKaU1l

ملاحظة ضعف تأثير الآلة الإعلامية والتجييشية لجماعة الإخوان أكثر من أي وقت مضى؛ بسبب عدم المهنية وعدم المصداقية والتهويل[82].

لا شك في أن رحيل الأب الروحي لجماعة الإخوان يوسف القرضاوي، والقائم بأعمال المرشد إبراهيم منير، سيزيد من إضعاف جماعة الإخوان، وفَقْدِ جزء مما تبقَّى لها من تأثير؛ نظرًا إلى صعوبة تكرار نموذجهما على المديين القصير والمتوسط، في ظل السياق الذي تعيش فيه الجماعة حاليًا[83]. كما يضاف إلى كل ما سبق لذلك، فشل الجماعة الذريع والمتكرر للتجييش لعمل اضطرابات في الدول العربية، كما في حالة مصر في 11 نوفمبر 2022[84].

كما لم تهدأ الخلافات الداخلية ولم يتوقّف التشظي في صفوف جماعة الإخوان المسلمين (انشقاقات في النهضة، والمزيد من الصراعات بين الجبهات المتعارضة: لندن وإسطنبول والكماليون، على قيادة التنظيم)[85].

يضاف إلى تلك العوامل التقارب المعلَن بين دول الرباعية العربية[86] وقطر وتركيا. ويبدو أن هذا التقارب قد تم، حتى الآن، على حساب جماعة الإخوان. كما تُوِّجَ هذا التقارب بمؤشرات رصينة تؤكد خروج جماعة الإخوان من معادلات العلاقات الدولية إلى حدٍّ كبير لخروجها من دائرة التأثير على الشارع من ناحية، ولخروجها من الاستخدام الجيوستراتيجي للصراع بين الدول من ناحية أخرى،

82. محمد الصوافي، **إعلام الإخوان.. البداية والنهاية**، سلسلة اتجاهات حول الإسلام السياسي، مركز تريندز للبحوث والاستشارات، العدد 6، أكتوبر 2021: https://bit.ly/3AwmW1Z

83. من سيخلُف القرضاوي؟: الأنماط.. المؤسسات.. دور السياق، **مركز تريندز للبحوث والاستشارات**، 3 أكتوبر 2022، https://2u.pw/dv3KSfD

84. فتحي سليمان، نجح المصريون وفشل الإخوان.. 11-11 كشفت المؤامرة | فيديو، 11 نوفمبر 2022، https:// www.cairo24.com/1690981

85. وليد عبدالرحمن، صراع «جبهات الإخوان» ... هل يتوسع؟ **الشرق الأوسط**، 26 أكتوبر 2022، https://bit.ly/3tJJJ6L

86. المملكة العربية السعودية، ودولة الإمارات العربية المتحدة، وجمهورية مصر العربية، ومملكة البحرين.

فضلًا عـن الدلالـة الرمزيـة لزيـارة بايـدن وبيلـوسي الأخيـرة لمصر في شـهر نوفمبر 2022، ولقاء الرئيسين السيسي وأردوغان في افتتاح كأس العالم نهاية شهر نوفمبر 2022[87].

كما ازداد الحصـار والإجـراءات المقوِّضـة للجماعـة على المسـتوى الـدولي؛ مـن مثل: حظـر بريطانيـا حركـة حمـاس، وإعـادة تقديـم مشـروع القـرار الـذي قدّمـه عـدد مـن الأعضـاء الجمهـوريين في مجلـس الشـيوخ الأمـريكي، وعلى رأسـهم السـيناتور: تيـد كـروز، والسـيناتور جيـم إينهـوفي، والسـيناتور رون جاكسـون، في المجلـس يـوم 4 نوفمبر 2021، لتصنيـف «جماعـة الإخـوان المسـلمين» تنظيـمًا إرهابيًّا. ومـن ناحيـة أخـرى أخـذت دول أوروبيـة خطـوات أكثـر حزمًـا تجـاه «الإخـوان»، ففرنسـا أطلقت «منتـدى الإسـلام في فرنسـا»؛ وذلـك (لكسر احتكار الإسلاميين للمجـال الدينـي الفرنسي ولتطبيق قانـون مكافحـة «النزعـة الانفصاليـة» الـذي أُقـرَّ في صيـف عـام 2021، خصوصًـا فيـما يتعلـق بالشـفافية المطلوبـة مـن الهيئـات التـي تتـولى إدارة المسـاجد)، فيـما اقتُرح «إعداد هيكلية» ترمي إلى سحب البساط من تحت أقدام الإسلاميين[88].

كما ازدادت الملاحقـات الأمنيـة لعنـاصر جماعـة الإخـوان، فعلى سـبيل المثـال، ألقت السـلطات المصريـة، في شـهر ينايـر 2022، القبـض على المدعـو، حسـام منوفي، القيـادي البـارز وأحـد مؤسسي حركـة «حسـم» الجنـاح المسـلح للجماعـة، خلال رحلـة هروبـه إلى تركيا قادمًـا مـن السـودان بعـد أن أوقِفَ جرّاء هبـوط الطائـرة التـي تقلّه في مطار الأقصر الدولي «اضطراريًّا»؛ بسبب وجود إنذار حريق بداخلها[89].

87. أول مصافحـة بين السـيسي وأردوغـان على هامـش افتتـاح مونديـال قطـر.. هـل اقتربـت المصالحـة؟ **سي أن أن العربيـة**، 20 نوفمبر 2022، https://arabic.cnn.com/sport/article/2022/11/20/erdogan-sisi-qatar-world-cup

88. سـناء الخـوري، منتـدى الإسلام في فرنسا: هـل يفتـح صفحة جديـدة في العلاقـة بين الدولة ومواطنيهـا المسـلمين؟ **بي بي سي**، 9 فبراير 2022، https://www.bbc.com/arabic/world-59387866

89. صهيـب يـاسين، تصدّع بجبهة محمـود حسـين الإخوانية عقب زلـزال «حسـم» الإرهابيـة، **حفريـات**، 17 ينايـر 2022، https://bit.ly/3Gy8mej

ومـن المتوقَّـع أن يسـهم بـثّ العديـد مـن الأعمال الدراميـة في شـهر رمضـان مـن
عامَـي 2021 و2022، التـي تكشـف الكـثير مـن الجوانـب التـي كانـت غير معلومـة
لـدى عامـة النـاس، إسـهامًا كـبيرًا في التـأثير سـلبًا في درجـة التعاطـف مـع جماعـة
الإخـوان المسـلمين. ويوجـد على رأس هـذه الأعمال الدراميـة، مسلسـل «الاختيـار»
الـذي عَـرَض بالصـوت والصـورة، لجـوء جماعـة الإخـوان المسـلمين إلى العنـف
والإرهـاب وتحريضهـا عليـهما، وأن ولاءهـا لم يكـن لمصر وأنها لم تَسْـعَ أبـدًا إلى
تحسـين الأوضـاع في مصر، ولكنهـا كانـت تسـعى للتَّمَكُّـن مـن مفاصـل الدولـة
المصريـة لفـرض أيديولوجيتها على المجتمـع وتأبيـد حكمها. كما أظهـر مسلسـل
«الاختيـار» متاجـرة الجماعـة بالقضيـة الفلسـطينية، وبيَّن مـدى علاقتهـا بالولايـات
المتحـدة الأمريكيـة، ومـدى اسـتخدام الجماعـة للقـوى السياسـية الأخـرى، ومـدى
نفاقهـا وازدواجيـة خطابهـا[90]، مـا أدى إلى وضع ازدواجيـة الجماعـة، واسـتخدامها
السـياسي لقضايـا المنطقـة (خصوصًـا بعـد التطبيـع الكامـل للعلاقـات بين تركيـا
وإسرائيل في شـهر أغسطس 2022)، في دائرة الضوء أكثر من أي وقت مضى[91].

ويفاقِـم مـن هـذا الوضـع، تَـكسُّرُ أهـم منظمات الإخـوان الدوليـة وتشـظِّيها،
فعلى سـبيل المثـال، أعلنـت جمعية العلـماء المسـلمين الجزائريـين، تجميـد نشـاطها في
مـا يسـمى «الاتحـاد العالمـي للعلـماء المسـلمين» على خلفيـة التصريحـات التـي أطلقهـا
في شـهر أغسـطس 2022 رئيـس الاتحـاد، المغربـي أحمـد الريسـوني، ضـد الجزائـر، والتي
أشـار مـن خلالها إلى «اسـتعداد المغاربـة والعلـماء والدعـاة في المغرب للجهـاد بالمال

---

90. أمينـة خيري، «الاختيـار 3» ينسف «مظلوميـة الإخـوان» بالوثائـق والتسـريبات، **Independentarabia**، 8 إبريـل
2022، https://bit.ly/3On5jXY

91. خفايا تحـول تركيا وإسرائيـل مـن القطيعـة إلى التعـاون والتنسـيق الأمنـي، **الغـد**، 30 أكتوبـر 2020، .https://bit
ly/3UW3qnC

والنفـس (...) والزحـف بـالملايين إلى مدينـة تنـدوف الجزائريـة»، مـا أدى في نهايـة المطاف إلى أن يستقيل الريسوني من منصبه أواخر شهر أغسطس 2022[92].

وفي النهايـة، يمكـن القـول، إن زوال حـركات الإسلامويـة لا يعنـي الاختفاء الفـوري أو الاندثـار التـام لهـا ولفكرهـا، ولكـن يعنـي أن التـأثير الـذي كان لديها قبل الربيـع العـربي لـن يعـود أبـدًا مثلما كان، إنـه ضرب مـن المـوت الإكلينيـكي يجعـل حـركات الإسلامويـة لا تغـادر أبـدًا نطـاق الهامـش، وكلّما اسـتعادت الدولـة الوطنيـة قوّتها ومكانتهـا ودورهـا، اضمحلّـت الإسلاموية. ومـن هنا يمكـن أن نتفهّـم مـن يقـول مـن الباحثين، إن الإسلاموية لم تمت، لكنها تُحتَضَر[93].

وهـذا المـوت الإكلينيـكي هـو الـذي قـد يفسّر اسـتمرارية وجـود بعض الحواضـن الفكريـة والاجتماعيـة للإسلامويـة في عـدد مـن الـدول العربيـة حتـى الآن، سـواء كانـت مَلَكيّـات تسـمح للإخـوان بهامـش معيّن مـن المشـاركة في الحكـم، أو كانت «جمهوريّات» مقسّمة طائفيًّا تعاني النزاعات الداخلية المسلّحة[94].

92. الحـرة، تصريحـات الريسـوني عـن «الزحـف نحـو تنـدوف.. تـثير الجـدل.. و«اتحـاد العـلماء» يعلـق، //https: arbne.ws/3XvaNnY

93. حـارث حسـن، مـن الإسلامويـة الراديكاليـة إلى الإسلاموية الريعية: «حـزب الدعـوة» العراقـي نموذجًـا، **كارنيجـي،** 25 إبريل 2019، https://carnegieendowment.org/sada/78995

94. وائـل صالـح، لماذا تتعاطـف دوائـر عديـدة في الأكاديميـا الغربيـة مـع الإسلاموية؟ هـل نعيـش مرحلـة «مـا بعـد الإسلاموية» أم «نهاية الإسلاموية»، **مؤمنون بلا حدود**، 8 فبراير 2021، https://bit.ly/3ELzVzq

المراجع

1. العربية

• الكتب

- آصـف بيّـات، **مـا بعـد الإسلاموية: الأوجـه المتغيـرة للإسـلام السـياسي**، الفصـل الأول (مـا بعـد الإسلامويـة على نطـاق واسـع)، ترجمـة محمـد العربي. https://bit.ly/3DebRVl.

- أنـس الطريقـي، **مسـتقبل الإسـلام السـياسي في العوامـل الذاتيـة للاستمرار**، اتجاهـات حـول الإسلام السـياسي، العـدد 12، مركـز ترينـدز للبحـوث والاستشارات.

- حسـام تمّـام، **الإخـوان المسـلمون: سنوات مـا قبـل الثـورة** (القاهـرة: دار الشروق، 2012).

- محمـد الصوافي، **إعـلام الإخـوان.. البدايـة والنهاية**، سلسـلة اتجاهـات حـول الإسلام السـياسي، مركـز ترينـدز للبحـوث والاستشـارات، العـدد 6، أكتوبـر 2021. https://bit.ly/3AwmW1Z.

• التقارير والمقالات

- أمينـة خـيري، «الاختيـار 3» ينسـف «مظلومية الإخـوان» بالوثائـق والتسريبات، Independentarabia، 8 إبريل 2022، https://bit.ly/3On5jXY

- أول مصافحـة بـين السـيسي وأردوغـان عـلى هامـش افتتـاح مونديـال قطـر.. هل اقتربت المصالحة؟ **سي أن أن العربية**، 20 نوفمبر 2022، https://2u.pw/qkMUXZ

- برلمـان مـصر يقـرُّ قانونًـا يتيـح فصـل موظفـين ينتمـون إلى جماعـة «الإخـوان المسلمون»، **فرنسا 24**، 12 يوليو 2021، https://bit.ly/3tNG3ks

- بعـد 10 سـنوات سـلطة.. إخـوان المغـرب يخـسرون الانتخابـات.. حصلـوا على 12 مقعـدًا مـن 395 والأحـزاب الليبراليـة تتقـدم، **درب**، 9 سـبتمبر، 2021، https://bit.ly/3tKaU1l

- تحليـل: دسـتور «25 جويليـة».. سـعيد يـدوّن ملامـح «جمهوريتـه» الغامضة في تونس، **DW**، https://2u.pw/izhLt4x

- تقي النجـار، مـاذا يحـدث داخـل تنظيـم «لإخـوان»؟، **المركـز المـصري للفكـر والدراسات الاستراتيجية**، 18 أكتوبر 2021، https://ecss.com.eg/17075

- تنظيـمٌ قـوي وأيديولوجيا ضعيفـة: مسـارات الإخـوان في السـجون المصريـة بعد 30 يونيو، مبادرة الإصلاح العربي، 29 إبريل 2019.

- حـارث حسـن، مـن الإسـلاموية الراديكاليـة إلى الإسـلاموية الريعيـة: «حـزب الدعوة» العراقي نموذجًـا، كارنيجي، 25 إبريل 2019، https://carnegieendowment.org/sada/78995

- الحـرة، تصريحـات الريسـوني عـن «الزحـف نحـو تنـدوف» تثـير الجـدل.. و«اتحاد العلماء» يعلق.

- خطـاب جديـد للإخـوان للمـرّة الأولى منـذ 6 سـنوات، **المونيتـور**، 11 يوليـو 2019، https://bit.ly/3BzyEdg .

- خفايـا تحـوّل تركيـا وإسرائيـل مـن القطيعـة إلى التعـاون والتنسـيق الأمنـي، **الغد**، 30 أكتوبر 2020.

- الـدول العربيـة في سـبعة رسـوم بيانيـة: هـل بـدأ الشـباب العـربي يديـر ظهره للدين؟ **بي بي سي**، 23 يونيو 2019، https://www.bbc.com/arabic/magazine-48661721

- الديمقراطيـون في مجلـس النـواب الأمريكـي يمـرّرون مشـروع قانون لمكافحة الإسلاموفوبيا، **روسيا اليوم**، 15 ديسمبر 2021، https://bit.ly/3UTg9rr.

- رسـميًّا.. دمج حزبي الوسـط الإسلامي و«زمـزم»- وثيقـة، **جريـدة الغـد**، 24 مارس 2022، https://bit.ly/3gjTlCa.

- رشا عمـار، التحـولات المسـتقبلية لجماعـة الإخـوان.. إشكالية الانسـلاخ مـن التنظيـم إلى «التيـار».. كيـف؟ **مركـز تريـندز للبحـوث والاستشـارات**، 27 ديسمبر 2021، https://bit.ly/3BwVaDm.

- رضـوان السـيد، الإسـلام السـياسي وصراعـات الحـاضر والمسـتقبل، **الـشرق الأوسط**، 30 إبريل 2021.

- سـامح فايـز، «التيـار الفكـري».. وسـيلة الإخـوان للهـروب مـن تهمـة الإرهاب، **روزاليوسف**، 1 يونيو 2022.

- سـناء الخـوري، منتـدى الإسـلام في فرنسـا: هـل يفتـح صفحـة جديـدة في العلاقة بين الدولة ومواطنيها المسلمين؟ **بي بي سي**، 9 فبراير 2022، https://www.bbc.com/arabic/world-59387866.

- صهيـب ياسـين، تصـدُّع بجبهـة محمـود حسـين الإخوانيـة عقـب زلـزال «حسم» الإرهابية، **حفريات**، 17 يناير 2022، https://bit.ly/3Gy8mej.

- فتحـي سـليمان، نجـح المصريـون وفشـل الإخـوان.. 11-11 كشـفت المؤامـرة فيديو، 11 نوفمبر 2022.

- فريـد بـن بلقاسـم، قـراءة في موجـة الاسـتقالات الأخـيرة في حركـة النهضـة: هـل هـي بـوادر التآكل مـن الداخـل؟ **مركـز تريندز للبحـوث والاستشارات،** 1 نوفمبر 2021، https://2u.pw/zWwYLWB.

- قـراءة في كتـاب «الإخـوان مـن السـلطة إلى الانقسـام.. أزمـة تنظيـم أم تنظيـم أزمـة»، حـوار مـع مؤلفـي الكتـاب، **كيوبوسـت،** 19 يوليـو 2022، https://bit.ly/3Qzga0I.

- قـراءة في كتـاب **تحـولات الإخـوان المسـلمين.. تفكك الإيديولوجيـا ونهايـة التنظيـم،** لمؤلّفـه حسـام تمـام، ط2 (القاهـرة: مكتبـة مدبـولي، 2010)، https://bit.ly/3TJL8Vr.

- كيـف تحـاول جماعـة الإخـوان مواجهـة تحـركات النمسـا وألمانيا في ملـف الإسلام السياسي؟، **كيوبوست،** 14 يوليو 2021، https://bit.ly/3XnB4nV.

- ماهـر فرغـلي، الكمـون والحلزونيـة.. الإخـوان في موريتانيـا مثـالًا، **مركـز المسبار،** 21 يونيو 2022.

- محمـد مسـعد العـربي، مـا بعـد الإسلاموية كمـشروع: الماهيـة والحـدود، **مؤمنون بلا حدود،** 20 سبتمبر 2018، https://bit.ly/2SYDFnB .

- محمـد يحيـى حسـني، مـا بعـد الإسلاموية: حركـة النهضـة في تونـس مثـالًا تطبيقيًّا، **المركز الديمقراطي العربي،** 49223=https://democraticac.de/?p

- مــن ســيخلُف القرضـاوي؟: الأنماط.. المؤسسـات.. دور السـياق، **مركـز ترينـدز للبحوث والاستشارات**، 3 أكتوبر 2022، https://2u.pw/dv3KSfD.

- منــير أديـب، هــل يتحــول «الإخــوان المســلمون» إلى تيـار فكـري؟، **العربيـة**، 23 يوليو 2022، https://bit.ly/3qylIxT.

- نبيـل عبدالفتـاح، التديُّـن الشـعبوي الرقمـي والفعلي، **مركـز الأهـرام للدراسـات**، 14 يوليو 2022، https://acpss.ahram.org.eg/News/17545.aspx.

- وائـل صالح وخالـد عبدالحميـد، «الإخـوان وتداعـي الأيديولوجيا أمـام شهوة السـلطة.. مركزيـة المصلحـي وهامشـية الأخلاقـي»، **مركـز ترينـدز للبحـوث والاستشارات**، أبوظبي، 22 سبتمبر 2021، https://bit.ly/3PJiuC9.

- وائـل صالـح، «لمـاذا تتعاطـف دوائـر عديـدة في الأكاديميـا الغربيـة مـع الإسلامويـة؟ هـل تتوافـق الإسلامويـة مـع المواطنـة والعيـش المشترك»، مؤمنون بلا حدود، 1 فبراير 2021، https://bit.ly/Muqkrk.

- وائـل صالـح، الإسـلام الإنسـانوي.. مـوت الإسلاموية، العيـن الإخباريـة، 12 أكتوبر 2020، https://al-ain.com/article/humanistic-islam-death-islamism.

- وائـل صالـح، الإسـلاموية: رؤيـة واحـدة.. مسـارات متعـددة ومصـير واحـد، مركـز ترينـدز للبحوث والاستشـارات، 6 إبريل 2022، https://trendsresearch.org/ar/insight/islamism-one-vision-multiple-paths-one-destiny/

- وائـل صالـح، الإسـلاموية: رؤيـة واحـدة.. مسـارات متعـددة ومصـير واحـد، **مركـز تريندز للبحوث والاستشارات**، 6 إبريل 2022، https://2u.pw/5DMjKmE.

- وائـل صالـح، الحـرب الأوكرانيـة: التلاقـح البينـي للأفـكار المتطرفـة التدينيـة وغير التدينية يفرز الجهاد الهجين، **حفريات**، 29 مارس 2022، https://bit.ly/3Op2HJt

- وائـل صالـح، تحالـف الإسـلاموية والأوراسـية الجديـدة.. الخطـر الأعظـم، ضمـن كتـاب: **تطويـع المحافظـة: الأوراسـيون – الإسلامويـة – الغـرب**، كتاب المسبار، العدد 169، يناير 2021، ص 261- 280.

- وائـل صالـح، لم تفشـل الدولـة الوطنيـة.. بـل فشـلت الإسلاموية، **العـين الإخبارية**، 21 أكتوبر 2020.

- وائـل صالـح، لمـاذا تتعاطـف دوائـر عديـدة في الأكاديميـا الغربيـة مـع الإسلاموية؟ هـل نعيـش مرحلـة «مـا بعـد الإسلاموية» أم «نهايـة الإسلاموية»، **مؤمنون بلا حدود**، 8 فبراير 2021، https://bit.ly/3ELzVzq

- وائـل صالـح، لمـاذا تتعاطـف دوائـر عديـدة في الأكاديميـا الغربيـة مـع الإسلاموية؟ عندمـا يتحـوّل فريـق مـن باحثـي الإسلامويـة إلى أجهـزة تسـجيل تعيـد ترديـد مقولات الإخـوان المنمّقـة، **مؤمنـون بلا حـدود، 11 يناير 2021**، https://bit.ly/2cbm5g8

- وائـل صالـح، لمـاذا تتعاطـف دوائـر عديـدة في الأكاديميـا الغربيـة مـع الإسلامويـة؟، هـل الإسلامويّـة تيّـار ينتمـي إلى مـا بعـد الحداثـة؟، **مؤمنـون بلا حدود، 7 ديسمبر 2020**، https://bit.ly/3EqJdzf

- وائـل صالـح، لمـاذا تتعاطـف دوائـر عديـدة في الأكاديميـا الغربيـة مـع الإسلامويـة؟ ((1]) 3ـ هـل الإسلاموية هـي الإسلام أم هـي التيّـار المتغلّـب إعلاميًّا؟ **مؤمنون بلا حدود**، 14 ديسمبر 2020، https://bit.ly/3gpNZoP

- وائــل صالــح، لمــاذا تتعاطــف دوائــر عديــدة في الأكاديميــا الغربيــة مــع الإسلاموية؟، **مؤمنون بلا حدود**، 13 فبراير 2021، https://bit.ly/3EOnSBn

- وائـل صالـح، نحـو مبـادئ مـشروع فكـري لمجابهة الإخـوان معرفيًّا في أوروبـا، **مركز تريندز للبحوث والاستشارات**، 3 يونيو 2021، https://bit.ly/3eoalWp

- وليــد عبدالرحمــن، صراع «جبهــات الإخــوان» ... هــل يتوســع؟ الـشرق **الأوسط**، 26 أكتوبر 2022، https://bit.ly/3tJJJ6L

2. الأجنبية

• Books:

- Abderrahim Lamchichi, Islam, *Islamisme et modernité* (Paris: L'Harmattan, 1994).

- Asef Bayat, "Islamic Movements," in David Snow, Donatella della Porta, Bert Klandermans, Doug McAdam (eds.), *The Wiley-Blckwell Encyclopedia of Social and Political Movements* (New York and London: Wiley-Blackwell, 2013).

- Bertrand Badie, *Les deux Etats: Pouvoirs et société en Occident et en terre d'Islam* (Paris: Fayard, 1986).

- Dounia Bouzar, *Français radicalisés : Enquête : ce que révèle l'accompagnement de 1000 jeunes et de leurs familles* (Paris: Éditions de l'Atelier, 2018).

- Enes Bayrakli & Farid Hafez, *Islamophobia in Muslim majority Societies* (Routledge, 2018).

- Farhad Khosrokhavar, *Le nouveau jihad en Occident* (Paris: Robert Laffont, 2018).

- Francois Burgat, *Comprendre l'islam politique, une trajectoire de recherche sur l'altérité islamiste 1973-2016* (Paris: Éditions La Découverte, 2016).

- Gilles Kepel, *Jihad: The Trial of Political Islam, 2nd ed.* (London: I.B. Tauris, 2002).

- Hamid Dabashi, *Theology of Discontent: Ideological Foundations of the Islamic Revolution in Iran* (New York: New York University Press: 2005).

- Nathan J. Brown, *When Victory Is Not an Option: Islamist Movements in Arab Politics* (Cornell University Press, 2012).

- Olivier Galland et Anne Muxel, *La tentation radicale. Enquête auprès des lycéens* (Paris: Presses Universitaires de France, 2018).

- Saleh Wael, et Brodeur Patrice, *L'islam politique à l'ère du post-printemps arabe: Sommes-nous entrés dans l'ère du nécro-islamisme?* (Paris: Éditions L'Harmattan, 2017).

-   Spivak G.C, *"Can the Subaltern Speak?"*, in Cary Nelson and Larry Grossberg (eds.), *Marxism and the interpretation of Culture* (University of Illinois Press, 1988).

-   Wael Saleh & Patrice Brodeur, *L'islam politique à l'ère du post-printemps arabe: Sommes-nous entrés dans l'ère du nécro-islamisme?* (Paris : Éditions L'Harmattan, 2017).

•   **Periodicals and reports:**

-   Asef Bayat, "The Coming of a Post-Islamist Society," Critique: Critical Middle East Studies (Hamline University, Saint Paul) 9, (Fall 1996): 43–52.

-   Farhad Khosrokhavar, "The Islamic Revolution in Iran: Retrospect after a Quarter Century", Thesis Eleven, vol. 76, no. 1, 2004.

-   Reinhard Schulze, "The Ethnization of Islamic Cultures in the Late 20th century or From Political Islam to Post-Islamism", in George Stauth (ed.) Islam: Motor or Challenge of Modernity, Yearbook of the Sociology of Islam, no. 1, 1998, pp. 187-198.

-   Roy, Olivier. "L'échec de l'islam Politique." Esprit, no. 184 (8/9), 1992, pp. 106–29. Jstor, http://www.jstor.org/stable/24274809. Accessed 6 Sep. 2022.

-   Sir John Jenkins et Charles Farr, Muslim Brotherhood Review: Main Findings, ordered by the House of Commons to be printed, https://2u.pw/hcWlu9D

-   Taussig, Sylvie, De l'islam politique à la théologie musulmane de la libération, Les Temps Modernes, Gallimard, 2018/4, n° 700, p-p. 66 -94.

الدكتـور وائـل صالـح، خبيـر بمركـز تريـندز للبحـوث بأبوظبـي، وأسـتاذ مشـارك في معهد الدراسات الدولية بجامعة كيبيك في مونتريال (UQAM).

حصـل على درجـة الماجسـتير في العلـوم السياسـية التطبيقيـة عـام 2011 بتقديـر امتيـاز مـن جامعـة شيربروك في كنـدا، ثـم نـال درجـة الدكتـوراه في العلـوم الإنسانية التطبيقيـة (تخصـص دقيـق: علـوم سياسـية ودراسـات إسلاميـة) عـام 2016 بمرتبـة الشرف الأولى، من جامعة مونتريال في كندا.

مديـر وحـدة التحديـات المعرفيـة والمنهجيـة في دراسـات التطـرف باسـم الإسلام في إطـار المنصـة الجامعيـة لدراسـة الإسلام (Pluriel) ، بمدينـة ليـون الفرنسـية منـذ عـام 2017، كما تـم انتخابـه عـام 2021 عضـوًا في مجلـس إدارة هـذه المنصـة الجامعية.

مـن كتبـه المنشـورة: الإسلام السـياسي في زمـن مـا بعـد الربيـع العـربي.. هـل دخلنا عصر مـوت الإسلامويـة؟ (2017)؛ ومفهـوم الدولـة في الفكـر المصري الحديـث والمعاصـر.. مـا بين التواصـل والتغير والقطيعـة (2017)؛ وفي البحـث عـن حداثـة في الإسلام.. طـرق عربية معاصرة (2018). وتتمحـور دراسـاته العلمية المنشـورة حـول: نقـد وتفكيـك الخطـاب الإسلامـوي والخطـاب المتعاطـف معـه؛ والتطـرف المـؤدي إلى العنف باسم الإسلام.